LES AMOURS.

LES AMOURS.

Imp. de P. Baudouin, rue des Boucheries-St-Germain, 38.

LES

AMOURS

PAR

HIP. FLORAN.

— Le beau signifie FORMOSUS,
et FORMOSUS vient d'un mot qui
signifie LA FORME.

Marc FOURNIER.

PARIS,

M. DCCC. XLV.

AVIS AU LECTEUR.

Cher Lecteur, ce n'est pas ton admiration et encore moins les sévères admonitions de ta critique que je demande pour ce simple volume habillé de rose, mais bien ta plus grande indulgence ; car je sais tout ce qu'il y a de défectueux et de peu régulier dans sa mise, et je tâcherai de faire mieux à l'avenir.

Les poésies contenues dans ce recueil ne sont que des essais de jeunesse, et en quelque sorte le prélude d'un livre plus sérieux, plus soigné même, que je t'offrirai après celui-ci, si tu me trouves digne d'encouragement ; car j'appelle, à cet égard, toute ta sévérité sur moi, et si mes vers te paraissent décidément mauvais, je veux jeter ma lyre à la mer. — Il y a trop de jeunes gens aujourd'hui qui courent les ruelles et les boudoirs avec leur volume de vers sous le bras ou dans leur poche, et qui se croient les martyrs du prosaïsme de notre époque, en criant : *à l'épicier !* au génie incompris !... pour que je veuille leur ressembler. Je pense, au contraire, qu'il est très-facile de les *comprendre* en lisant leurs vers, mais que l'on a tort alors de ne pas les avertir charitablement de ne plus en faire. Je ne vois pas ce qu'il y a d'affligeant ou de cruel dans un pareil

avertissement, et pour ma part, loin de m'en
aigrir, je ne saurais, Lecteur, que te remercier
d'un conseil semblable, si tel est le fond de ta
pensée.

Les génies incompris qui errent plaintivement
au milieu de nous m'ont toujours paru fort peu
à plaindre cependant, et les *dames de leurs
pensées* qui ne craignent pas de se compromettre
en trouvant beaux des vers plus que médiocres
et ennuyeux, sont, en vérité, ou bien bonnes.
ou bien amoureuses ; — à leur place....

Mais je ne veux point te fatiguer ici, Lecteur,
d'un stérile bavardage ; qu'il te suffise de savoir
que si j'ai tenté, comme un autre, de paraître
au grand jour, c'est tout simplement pour me
distraire et rompre l'uniformité de ma solitude.
Je n'aspire point aux palmes immortelles du génie, et encore moins aux éloges payés ou bien-
veillants de la camaraderie et des journaux : je
me croirais dangereusement malade s'il me fallait
penser à tout cela, et les maisons de santé au-
raient le droit de s'inquiéter de ma personne.

Tout ce livre n'est donc qu'une divagation or-
ganisée dans le domaine du caprice et de la fantaisie. J'ai chanté, de çà, de là, tout ce qui charmait mon esprit et ma vue : la Beauté, l'Amour,
la Nature et l'Art ; et si quelque cri amer et furieux
se trouve mêlé à ces chants joyeux, ne t'en effraie pas, ami Lecteur, ce n'est qu'une vaine rumeur et comme une fumée qu'emportent les

coups d'ailes du vent sur nos têtes ; j'ai voulu qu'il y eût des cyprès et des pleurs à côté des roses et des rires : voilà tout.

La seule chose qui m'a le plus préoccupé , — ce volume terminé, — c'eût été de te communiquer la théorie que je me suis faite sur le style dans l'art d'écrire et de composer des vers. Mais un poëte que j'aime et déjà connu, M. Wilhem Ténint , s'est acquitté, dans sa *Prosodie de l'école moderne* , d'une tâche que je n'oserais entreprendre après lui , tant il s'y est montré supérieur ; aussi est-ce de tout cœur que je t'y renvoie , ami lecteur, persuadé que tu ne saurais lire un meilleur et plus profitable ouvrage.

Les amours sentimentales et larmoyantes des poëtes de nos jours, m'ont paru aussi ennuyeuses qu'un poëme ou une tragédie, et c'est pour cela que je me suis jeté à corps perdu dans les bras de *Sabine* et de *Philis,* deux charmantes filles , sur mon honneur ! que je suis bien aise de te présenter, avec toutes sortes de poésies diverses et plus ou moins fugitives.... comme elles.

Bref, je t'offre ce volume, cher Lecteur, comme il a été composé , c'est-à-dire sans façon et sans grimace. Excuse donc la brutale franchise de ces avis, et si je me suis trompé en écrivant ceci, que tout le châtiment en retombe sur moi, car c'est ma faute, ma très-grande faute.

ÉPIGRAPHE.

La Coupe, le Sein et la Lyre ,
— Livre où peu de gens savent lire, —
Enfantent le triple délire.

Dans la Coupe est au fond du vin ,
L'Amour, ce problème divin
Dont le mot s'écrit sur le Sein.

A la Lyre enfant d'Ionie ,
Que le vulgaire admire et nie ,
On boit la divine harmonie.

Th. DE BANVILLE.

LES AMOURS.

—⟡⟡⟡—

LIVRE PREMIER.

STANCES ET CHANSONS.

⟡⟡⟡

LETTRE.

Samedi , 23 juillet 1843.

I.

Que me dites-vous là? — Trois éclipses pour une !
Quoi! pour ma pauvre absence, une tache à la lune,
Des larmes dans le ciel, un soleil moribond ! —
La lune est bien honnête, et le ciel est bien bon !

Que s'est-il donc passé ? — Bien peu de chose en somme.

Bercés dans un vaisseau, des gens dorment. — Un homme
Tombe à la mer, s'éveille, et, tout en se noyant,
Mesure jusqu'au fond l'abîme tournoyant.

Nous voilà tous. — Les uns ignorent, mais ils dorment ;
L'autre sait, mais il meurt.

       Les uns, — les premiers, — forment
Le troupeau poétique, oisif, enseveli,
Et vivant de *plaisir*, c'est-à-dire d'*oubli*.

2

Les autres, — les seconds, — sont plus durs à la peine.
Ils crèvent en tombant la surface d'ébène
De l'océan du doute, et, l'œil ouvert, s'en vont
Roulant de vague en vague et mesurant le fond.
Les autres, — c'est l'esprit qui sonde la matière....
Un peu de vent creusant dans un peu de poussière.

J'en suis un, voilà tout. — Du beau navire, hélas !
Je suis tombé dans l'eau comme le pauvre Hylas, —
Mais c'est un cas fort simple; et rien là ne motive
Cette couleur du ciel pleureuse et maladive,
Et je ne sais ce qui, dans mon absence, a pu
Pocher un des yeux d'or d'Apollon le crépu.

Vous vous serez trompé. L'amitié vous égare.
Ce sera la vapeur de votre blond cigare
Qui vous aura donné dans l'œil, assurément.

La nature n'est pas si sotte, croyez-m'en,
Que de pleurer pour nous et nos pauvres folies :
Elle a bien assez d'elle et de ses propres pluies ;
Comme un enfant, heureuse, et comme lui sans voix,
Souvent, quand elle pleure, elle rit à la fois ;...
Nous sommes regardés par son œil insensible
Comme un mauvais tireur par l'œil rond d'une cible.

N'allez pas non plus croire, ô trop candide cœur,
Que *Luna* se sera faite noire, de peur,
— Étant déjà, de par la science sévère,
Clouée au cotillon de notre humble hémisphère, —
Qu'un savant nouveau-né, calculant sans l'amour,
Ne la veuille traîner toute nue au grand jour!...

L'homme sur elle, — avant comme après Galilée, —
En a déjà bien dit ! — S'en est-elle troublée ?
A-t-elle dit jamais, depuis qu'on calcula,
Aux uns : Vous vous trompez ! aux autres : C'est cela !
Mon Dieu non ! — Avant comme après seize cent treize
Elle nous a laissés calculer à notre aise,
Sereine, indifférente, et regardant ailleurs,
Et perdant ses rayons comme un lys perd ses fleurs

Donc, n'ayez peur pour elle ; — et pour moi, laissez faire,
Le vide fait chanter le cœur comme le verre :
Le vin fait taire l'un, le bonheur l'autre. — Ainsi
Je n'ai plus qu'à chanter, car je suis triste aussi ;
Et c'est précisément, lorsqu'à mort on s'embête,
La disposition qui convient au poëte.

Donc fumez votre pipe et prenez du moka. —
Avia peragro Pieridum loca...
Laissez-moi rêver d'angle et songer de cylindre, —
Et ne m'enviez pas la douceur de me plaindre.

P. A. G.......,

RÉPONSE.

Le 27 juillet.

II.

Votre histoire est divine, et vraiment j'avais tort
De vous croire déjà l'œil clos ou presque mort ;

Vous êtes pardieu ! bien vivant, et je suis aise
De vous voir si gaîment secouer le grelot
De la vie : avec vous le bourgeois de Falaise
Eût laissé son esprit ainsi que son falot
Choir le long du rempart ; Diogène lui-même,
Dans son tonneau moisi logé comme un rat vieux,
N'eût peut-être jamais avisé d'un œil blême
De son soleil caché le mot facétieux.

Partant, j'admire fort votre humeur bonne et folle
Qui vient d'un astre ami repeupler l'auréole,
Nettoyer une tache et repeindre mon ciel ;
Si vous n'étiez G....., vous seriez Ariel,
Tant vous avez de verve et de grâce bouffonne
A ciseler des vers que la muse fleuronne.
— Comme moi, tous les soirs, à ce qu'il me paraît,
Vous ne chevauchez pas à travers la forêt ;
Et pourtant de bien près vous allez sur ma piste,
Car, j'ai là votre aveu, souvent vous êtes triste
Aussi, — souvent votre âme insensible et sans voix
Comme un enfant se tait, pleure ou rit à la fois,
Le ciel est lourd de pluie, et l'œil rond de la cible
Reste calme, ébahi, devant l'arme paisible...

Mais le nuage crève, et je veux comme vous,
Athlète résigné, relever les genoux ;
Je veux revoir encore la nature sans voiles
Me rouvrir le calice argenté des étoiles,
Ouïr chanter mon cœur, rire ou rêver d'amour,
Oublier au travail l'ennui pesant du jour,

Et, le soir arrivé, sans souci de l'orage,
Grimper comme un chat noir mon quatrième étage....

Là je veux m'arranger un paradis perdu
Où tout ne soit que miel et que beurre fondu ;
Un Éden des plus doux où mon humeur changeante
Puisse tarir en paix sa liqueur innocente,
Se caser à son aise, et moi rester serein
Comme un reptile heureux sous sa peau de chagrin.
Ainsi, — c'est convenu, dans les bois, près des hêtres
Je ne m'en irai plus tout seul traîner mes guêtres ;
On ne me verra plus, sur une urne penché,
Arroser de mes pleurs un souvenir caché ;
Ni cueillir, en marchant avec mélancolie
Le long des églantiers, quelque rose pâlie ;
On ne m'entendra plus du soir jusqu'au matin
Tinter comme un sonneur le glas de mon destin.
Non ; je veux faire avec moi-même un bon ménage,
Me tenir au logis sage comme une image,
Et, malgré la cabale ou les qu'en dira-t-on,
M'entrer jusqu'à l'oreille un bonnet de coton !

—Ah baste ! maudit soit le rêveur qui s'embête,
Et faites des chaussons, sinon des vers, poëte !...
Ce conseil amical est le vôtre, je crois ;
Je le trouve excellent, et vous serre les doigts.
Oui, vous avez raison : à quoi sert de se plaindre,
D'aller comme un poisson se coucher dans la mer,
Quand on est homme, quand, sur un lit moins amer
On peut tout aussi bien se lamenter et geindre,
Voir les mouches voler, ou songer de cylindre ;

Par Minerve! il faut être aveugle alors ou fou,
Être pris de la fièvre ou de vin, et fort soûl!....

—Mais brisons : je suis gai.; ma pipe est allumée;
Prenez, si vous voulez, votre part de fumée,
Son nuage vers vous porte mon amitié,
Et chez tout vrai. fumeur elle entre de moitié.

CHANSON.

Agnosco veteris vestigia flammæ.

Du temps passé souvenance !
Combien mon cœur aujourd'hui,
Aime à revoir ta présence
Du seuil où tu m'as conduit ;

Seuil étroit et solitaire,
Où mon esprit soucieux,
Dans l'ombre et dans le mystère,
Se fait triste et déjà vieux ;

Et pourtant ma jeune tête,
Pure encor de tout affront,
N'a cheveux blancs à son faîte,
Ni tache ou rides au front.

Pourtant je t'aime, ô nature !
Et mon œil clair et serein,
Perce ton architecture
Où tout est d'or et d'airain,

Métal éclatant, énorme,
Que peut-être seul je vois,
Mais où tout prend une forme
Dure et charmante à la fois …

Tout, depuis la cime haute
Des pins noirs à l'horizon,
Jusqu'au brin d'herbe qui saute
Sur le velours du gazon ;

Depuis la montagne ronde,
Accessible au pélerin,
Jusqu'au roc géant de l'onde
Inaccessible au marin.

Depuis la mer qui moutonne
Sur les grêves en criant,
Jusqu'au ruisseau qui festonne
Sous les saules en riant ;

Depuis la nuit qui sommeille,
Lune et diamants au front,
Jusqu'à l'aube qui s'éveille
Pâle comme un liseron ;

Depuis l'oiseau qui babille
Dans les sveltes peupliers,
Jusqu'à l'insecte qui brille
Dans le sable, sous nos pieds ;

Depuis les beaux fruits qu'enflamment
Les ardeurs du jour vermeil,

Jusqu'aux douces fleurs qui pâment
Sous les baisers du soleil ;

Tout enfin, depuis le vide
Abîme où brâme le vent,
Où s'entend le cri livide
Et noir de l'engoulevent ;

Jusqu'au ciel, jusqu'à toi-même
Avenir, espoir en Dieu !
Dieu le maître, lui que j'aime
A toute heure et dans tout lieu !...

—

Poésie ! — ô souvenance !
Combien mon cœur aujourd'hui,
Aime à sentir ta présence
Quand tout passe autour de lui ;

Quand tout tombe et tout s'efface,
Fauché comme le blé mûr,
Et sans plus laisser de trace
Qu'un pas d'ombre sur un mur !...

A Mlle ÉMILIE V......

Mars, 1844.

V...., vous êtes belle entre toutes les femmes,
Et de grâce plus belle encor que de beauté,

Et de vos yeux si doux les langoureuses flammes
Disent bien ces deux mots : pudeur et pureté.

Vous avez la jeunesse ; à l'allure amoureuse
De votre corps de cygne et qui ploie incliné
Sous l'éclat du prestige où mon œil fasciné
Suit de ses mouvements la grâce savoureuse....
A tant d'attraits, me dis-je, unis et confondus,
Oh ! vous êtes bien celle, en des songes perdus,
Qu'osa rêver mon cœur ! — Belle et jeune *Captive!* (1)
Dans les mortels accents que votre âme plaintive
Jette aux murs d'un cachot, où trouver à la fois
Plus chaste passion et plus brûlante voix ?....

J'oublie, à votre aspect, — de vous seule idolâtre, —
Le futile talent d'un rôle de théâtre ;
Costumes et décors, bruit, foule, émotion,
Tout est muet devant ma contemplation....
—Vous voir, c'est vous aimer ; mais dans ce doux mystère,
Spectateur, je ne puis qu'admirer et me taire ;
N'ayant plus à ce titre, adorable *Babet* (2),
Qu'à jeter à vos pieds les fleurs de ce billet.

Maintenant permettez, d'après le mode antique,
Qu'à l'alpha de ces vers, tendre et pâle cantique,
Ma muse, ouvrant son aile, ose encor revenir,
En emportant au ciel votre doux souvenir, —
Dans l'auréole d'or où votre front rayonne,
L'étoile de vos yeux fait pâlir ma couronne,
Mais le luth amoureux qui la tresse et la donne
Sera du moins, comme elle, à vos genoux tombé.

C'est là tout mon souhait ; et si j'ai succombé
Dans l'épineux sentier des jardins d'Amathonte,
J'y laisse sans regret ma défaite et ma honte....
— J'ai gravé sur le hêtre à Vénus consacré,
Gracieuse V......, votre nom adoré ;
Mon intuition pour chiffre y met ce signe :
« Une âme de colombe avec un corps de cygne. »

— O terrestre idéal ! de quels rêves ardents
Poursuis-tu, sans pitié, ma raison et mes sens ?
Et si par ces transports, mon secret se devine ;
Si devant tant d'attraits, beauté chaste et divine,
Mon simple cœur a dit : pudeur et pureté !
Quel *autre*..... — Ah ! je te hais déjà, réalité, —
Quel autre dira donc : amour et volupté ! ...

VOIR — ENTENDRE — SENTIR.

—

ROMANCE.

La nuit fraiche est venue, et la lune avec elle
Jamais ne m'a paru plus belle,
Jamais étoile, fleur des cieux,
Du paradis vive étincelle,
Jamais, oh ! non, jamais ne m'a paru plus belle
Que l'humide prunelle
De tes yeux bleus. ..

L'eau qui chante en courant sous la mousse fleurie,
Jamais n'eut plus de mélodie,

Jamais cornemuse ou chanson
Du pâtre errant dans la prairie,
Jamais, oh ! non, jamais n'eut plus de mélodie
Que de ta voix chérie
Un mot, un son....

L'haleine du zéphyr jouant sous la ramée,
Jamais ne fut plus parfumée,
Jamais tubéreuse ou glaïeul,
D'un flacon senteur embaumée,
Jamais, oh ! non jamais ne fut plus parfumée
Que de ta bouche aimée
Le souffle seul....

RÉSIGNATION.

—

A P.-A. GARNIER.

Taisez-vous, mon cœur, et sur la falaise,
Las de murmurer,
Laissez mon esprit et ma vue à l'aise
Au ciel s'égarer ;

Un ciel tout d'azur, limpide, sans voiles
Ni rides au front,
Où la lune seule avec les étoiles
Ses sœurs, danse en rond ;

Ronde harmonieuse, où l'onde en cadence
De ses flots dormants

Bat la rive et forme un orchestre immense
    De cent bruits charmants ;

Du vent familier le souffle qui passe
    Dans l'air agité,
Sème un parfum vague, et remplit l'espace
    De sonorité....

— O splendeurs des nuits, riantes chimères,
    Paradis des cieux !
Combien j'étais fou de fuir vos lumières,
    De fermer mes yeux !

Allons, — plus de deuil, d'ennuis, ni d'alarmes,
    D'amère langueur ;
Et toi, douce joie, et vous, douces larmes,
    Rentrez dans mon cœur !....

CHANSON.

Comme aux cieux
Clairs, tout d'azur et sans voiles,
    Vos beaux yeux,
Jeune Iris, sont deux étoiles ;
Deux diamants précieux,
Mais dont la vive étincelle
    Pour mes feux,
Las ! brille en votre prunelle
    Comme aux cieux.

Votre bouche
Est un calice embaumé,

Fleur que touche
Lui seul le zéphyre aimé.
Moi, je voudrais être mouche ;
Fier de mes ailes aussi
        Et farouche,
J'irais baiser sans souci
        Votre bouche.

        Et ce sein
De mon martyre la cause,
        Où ma main
Pillerait si douce chose,
Pourquoi l'ouvrir à dessein....
Sinon d'amener la fièvre
        D'un larcin,
Belle Iris, sur votre lèvre
        Et ce sein.

        Ah cruelle !
L'amour est oiseau souvent,
        Et son aile
Va plus vite que le vent.
Il vous atteindra, ma belle,
Et lors votre cœur sera
        Moins rebelle
A celui qui vous dira :
        Ah ! cruelle !

PROSOPOPÉE.

Je ne désire point les honneurs, les richesses ;
J'aime peu les plaisirs du bal et les maîtresses,
    Encor moins la foule, le bruit
Que partout l'on rencontre et qui toujours vous suit.
Je n'ai rien : — hors ma pipe, un lorgnon, mon Virgile
Et quelques vieux bouquins auxquels je donne asile ;
Mais foi de gentilhomme et de poëte aussi !
Bien que je sois peut-être un amoureux transi,
J'aime avec passion la belle poésie ;
    C'est mon nectar, mon ambroisie ;
Je suis bohême en diable, et je vendrais mes bas,
Mon chapeau, mes souliers et jusqu'à ma chemise,
Pour des vers à Cloris ou bien à Cydalise,
Quelque femme d'amour et qu'on ne nomme pas ;
Et, dût-on me pousser hors de toutes les portes,
    M'appeler barbare, Ostrogoth....
    Pour une ballade d'Hugo,
Un sonnet de Ronsard, de Bertaut, de Desportes,
Et surtout, oh ! surtout, j'en fais l'aveu naïf,
Pour un gentil *baiser* d'Antoine de Baïf. —

CHANSON.

Credula res amor est.

Ainsi que l'a dit Ovide,
  « Chose crédule est l'amour, »

Et c'est quand le cœur est vide
Qu'on regarde à son entour
Si quelque jeune fleurette,
Quelque facile amourette
N'est pas là qui sous vos pas,
Sans peine au soleil éclose,
Appelle et vous tend les bras,
Comme ferait une rose.

Une femme est cette fleur
Dont sera votre âme éprise ;
Elle n'attend qu'un voleur,
Afin d'être plus tôt prise.
Mais plus tard vous gémirez
Et l'épine sentirez....
Car dans le siècle où nous sommes
On ne voit que la beauté ;
Et les plus charmantes pommes
Ont un ver dans le côté.

Amis donc, prenez-y garde !
Moins de feu, de passion ;
Que nul de vous ne hasarde
Son cœur et sa vision.
Il ne faut être la dupe
Ni d'un dé, ni d'une jupe ;
Le jeu, l'amour, la beauté
Ont souvent la chance égale,
Et notre crédulité
Leur est une martingale.

Hardis et gais matelots !
Qui dans un heureux mystère,
Allez, au mépris des flots,
Vous promener à Cythère;
Douce peut être la mer,
Et le plaisir bien amer.
Pourtant qu'à cela ne tienne;
Si votre barque a du lest,
Que votre esprit se souvienne :
« *Credula res amor est!* »

LA SOLITUDE. (3)

Puisque nous sommes seuls,
Seuls ce soir dans les herbes,
De tous ces brins superbes
Faisons-nous deux linceuls.

La lune pâle et louche
Au firmament bruni,
N'a pas encore fini
De se laver la bouche.

Attendons, le veux-tu?
Que cette dame altière
Ait vidé la litière
Qui ternit sa vertu.

Nous la verrons sans doute
Mirer ses blancs appas
Dans l'eau qui coule au bas
De cette obscure route;

Car elle a, je le sais,
La mine la plus blonde,
La gorge fine et ronde....
Mais c'est en dire assez.

Pendant ce temps que faire,
O ma belle aux yeux gris !
Diamants que j'ai pris
Aux coffres de Cythère.

Mets ton bras sur mon cou,
Ta bouche sur mes lèvres....
Et laissons fuir les lièvres,
Et chanter le coucou ;

Puis, si la nuit est noire,
Le zéphyre jaloux,
Et qu'avec les vieux loups
Les renards viennent boire,

Moquons-nous de leurs tours,
Et des bruits de la plaine,
N'ayons d'yeux, que d'haleine
Pour nos jeunes amours !

Allons, prends ta guitare
Et redis-moi ce chant
Que, la nuit, j'aime tant,
En fumant mon cigare.

LA VEILLÉE D'AMOUR.

Devant l'âtre éteint où seule je veille,
Dites-moi, mon Dieu! quel étrange bruit
D'un trouble sinistre emplit mon réduit,
Quand tout près de moi repose et sommeille?...
                    C'est donc la peur !

— Ah ! dit une voix, douce jouvencelle,
Ce que vous craignez si tard, croyez-moi,
Ce qui jette en vous ce confus émoi,
Divine rumeur, visible étincelle,
                    C'est votre cœur.

J'ai frémi ; pourquoi ! je suis sans courage ;
Oh ! mauvaise nuit vois-tu ma pâleur,
Et n'as-tu souci de moi, pauvre fleur ?....
Mon effroi redouble, et je crains l'orage,
                    C'est donc le vent !

— Non ma belle, non ; pour vous la tempête
N'a nulles rigueurs, ni vents en courroux ;
Moi, j'entends glisser ailleurs des verroux,
Et ce bruit affreux qui vous rompt la tête ,
                    C'est votre — amant.

Grand merci ! c'est charmant ;
Ces paroles mignonnes
Feraient damner des nonnes
Dans leur saint monument.

Mais chut ! faisons silence,
Voici du haut de l'air,
Sur un ciel très-peu clair
La lune qui s'élance !

On dirait un ballon
Pelotté par la nue
Qui sur lui molle et nue
Se couche tout du long ;

Encor un gros nuage
Qui poussé par le vent,
L'attaque par-devant
Et la couvre au passage....

Vrai Dieu ! la belle nuit,
Que celle où toute chose
Me paraît peinte en rose
A l'heure de minuit !

J'ouïs les fleurs entr'elles
Se donner des baisers,
Et les zéphyrs blasés
Les bercer de leurs ailes ;

Ah ! les beaux vers-luisants
Parmi les gazons pâles,
On dirait des opales
Sur des fronts de seize ans.

Voici venir l'étoile,
L'étoile de Vénus,

Où sont les amours nus
Et sa robe au long voile ?

Luna, serait-ce vous
Qui les auriez, jalouse,
Comme une chaste épouse,
Fermé sous les verroux ?

Salut, ô grande reine !
Et que vous êtes bien
Avec ce fier maintien,
Fantastique et sereine !

Impossible d'avoir
Face et clarté plus nettes,
Et même sans lunettes,
Comment ne pas y voir ?

Pour moi mortel myope,
J'y vois comme en plein jour,
Et mon œil de giaour
Sur tout plane et galope....

— Mais, n'allons pas plus loin ;
Halte là, cher Pégase,
C'est assez comme un aze
S'ébaudir sur le foin.

Rentrons, avant que l'aube
N'éclaire mon logis,
Et qu'aux vitraux rougis
Le soleil de son lobe

N'embrâse mes rideaux ;
Et toi, lyre ou crecelle
Au bout d'une ficelle
Va rejoindre mon dos.

« L'or est une chimère, »
On l'a dit, c'est fini ;
Je m'en tiens à Fanny,
Mais Fanny sans le maire.

Amis, voilà mon goût ;
Si c'est une folie,
Je la trouve jolie
Et me moque de tout.

Quittons ce badinage
Et ces lieux peu décents,
Où transi, je le sens,
Mon esprit déménage ;

J'en irais de travers,
Et puis j'ai là ma mie
Sur moi toute endormie....
O puissance des vers !

Tenez, ma tourterelle,
Alerte à ce baiser !
C'est assez reposer
Vos doux yeux et votre aile.

Reprenons le chemin,
Ma divine et blonde Ève !
Rentrons, la nuit s'achève,
Et la suite à demain.

Une femme de cœur belle et de corps difforme.
(Vers retourné.)

Madame, pour parler le langage du cœur,
J'admire votre esprit et ce charme vainqueur
Qui passe de la voix aux grâces du visage ;
Mais dans l'amour, hélas ! il est un autre usage
Que le plaisir impose et qui veut des transports
Où l'esprit et le cœur, malgré tous leurs efforts,
     Pour triompher des écueils du passage,
Ne peuvent remplacer les grâces d'un beau corps.
En pareille occurrence, il faut alors, Madame,
Le toucher du réel, non l'idéal de l'âme,
Et sentir sous ses mains frissonner des appas,
     Que par malheur vous n'avez pas.

Au nombre des fléaux que sur notre hémisphère
     Dieu fit pleuvoir dans un jour de colère,
Il en est encore un qu'on leur doit ajouter :
En Égypte, aussi bien qu'à Saint-Germain-en-Laye,
Comme à Paris, partout où la chair peut tenter,
     — A mon avis, si je sais bien compter,
     La *femme maigre* est la huitième plaie. (4)

STANCES.

La femme, en vérité, plus que l'homme a du cœur ;
Elle aime mieux d'abord ; et dans un sûr mystère
Elle saura garder tout ce qui doit se taire.

Tandis que l'amant, son vainqueur,
Fera, de son côté, bien souvent le contraire,
Ira tout raconter aux amis, à son frère,
En souriant d'un air moqueur.

La femme de se voir un jour abandonnée,
Comme une fleur, muette, en son cœur gémira,
Que de sanglots amers, seule, elle étouffera !
Mais l'homme a l'âme forcenée,
D'une amante qui souffre il ne voit point les pleurs,
Il met de l'ironie à nier ses douleurs,
Et sèche est sa vue étonnée.

Faute d'air et d'amour la fleur s'étiolera ;
De son mal, triste amante ! atteinte, inconsolée,
Vous passerez comme elle, au fond de la vallée
Où bientôt la mort vous prendra.
Et *lui* peut-être un jour foulant l'herbe fleurie
Qu'arrosa de ses pleurs *celle* qu'il a flétrie,
Aux bras d'une autre s'en ira !...

Enfin, c'est le destin : victime résignée,
Tu devais en mourant, par un cruel retour
Des choses d'ici-bas, expier trop d'amour...
Femme, pourquoi t'es-tu donnée ?
— Un ingrat, je le sais, au cœur sec et rampant,
A laissé dans ton sein le venin d'un serpent...
Madeleine, sois pardonnée !

—❀—

LE BAL MASQUÉ.

Beau masque ! j'ai deux mots à te dire : veux-tu
Faire trêve à tes airs de farouche vertu,
    Et m'écouter sans étiquette,
Comme l'endroit l'exige, ainsi que cette main
Que je voudrais pouvoir tenir jusqu'à demain,
    Main si bien gantée et coquette ?

Je te connais, vois-tu : sous ton loup de satin
J'ai deviné sans peine un amoureux lutin
    Que le plaisir du bal tourmente,
Et qui dans cette salle où la foule rugit,
De crainte et de désir tout à la fois rougit
    Comme une biche, — douce amante.

Et je t'aime ! — Et ta bouche où rit la volupté,
Incite mon courage, allume ma fierté
    Jusqu'aux plus périlleuses choses,
Et je veux, ma charmante, en voyant ton beau col
Frissonner sous mes yeux, m'enhardir jusqu'au vol
    D'un baiser sur tes lèvres roses !...

— Un faible cri suivit qu'étouffa mon baiser
En dépit de la belle, et j'allais abuser
    De cette liberté conquise,
Quand soudain un laquais, d'un air fat et rieur,
Vint dire en s'inclinant presque sur moi : « Monsieur
    Attend madame la marquise. »

FRAGMENT.

Laissez-moi, mes amis, vous expliquer la femme,
Et ce qu'a mis en moi, comme un buisson ardent,
De soif ou d'appétit, de désirs ou de flamme,
L'amour, l'amour qui brûle et vient comme un serpent
De venin bien souvent empoisonner notre âme ;
En souffrance du corps changer étrangement
L'innocence du cœur et d'un pur sentiment ;
Dérober à nos yeux la forme primitive
De la chaste beauté, de la pudeur craintive ;
De l'idéal des cieux voiler l'immensité
Et de Dieu même enfin couvrir la majesté !

— Car il faut ici-bas pour être le plus proche
De la vérité nue, et pour que rien n'accroche
Notre verbe sensé, raisonnable ou moqueur,
Sur sa bouche être fort bien plus que sur le cœur :
Nous faisons aujourd'hui de l'essence des roses,
Et nous analysons également les choses ;
Nous sommes des enfants de la réalité
Pour qui la matière est une divinité ;
Plus tard, quand nous aurons l'œil clos sous la paupière
Et dormirons glacé sous une froide pierre,
Libre à vous, amis, de venir pieusement,
Arroser de vos pleurs notre humble monument ;
Nous agirions de même avecque vous, ô frère,
Si la mort avant nous vous couchait dans la bière,
C'est une question de temps ou de hasard,

Voilà tout : — mais pour l'heure, ainsi qu'un blond lézard
Tapi dans le vieux mur d'un monde sublunaire,
Rôder, boire ou dormir est toute notre affaire :
Et sans le soleil d'or des riantes amours,
Cette vie azurée où s'égrènent nos jours,
Sous les rayons ardents des flammes souveraines
Comme sous le nuage amoncelé des peines ;
Sans tout ce qui du cœur sèche l'ambition,
Étanche notre soif, et dans la passion,
— A l'ombre d'une femme adorée et discrète,
Nous fait trouver encore une douce retraite ;
Sans tout cela, vous dis-je, ô mes amis, je crois
Que j'irais comme Christ au gibet de la croix,
Dans le fier désespoir d'une âme inassouvie,
Enclouer tous mes maux et rendre à Dieu ma vie.

LE SOIR.

—

A WILHEM TÉNINT.

Voici l'heure, ô mon Dieu ! pâle et douce
    Où sans bruit,
Le jour glisse effacé sur la mousse
    Et s'enfuit.

Du soleil amoureux dont la flamme
    Avait lui,
La clarté tombe et meurt dans mon âme
    Comme lui.

L'ombre marche à grands pas et s'allonge
    Sur les prés,
Tout s'en va tristement comme un songe,
    Par degrés !

Plus de chants, de parfums sous les saules
    En passant,
De baisers dérobés aux épaules
    En riant ;

Plus d'échos dans les airs, de murmures
    Aux hameaux,
Le vent seul trouble encor les ramures
    Des ormeaux.

L'horizon a perdu sa ceinture
    Devant moi ;
Tout mon cœur de ton deuil, ô nature
    Prend l'émoi ;

Un fantôme effaré sur la terre
    Vient s'asseoir,
Et cet hôte inconnu, ce mystère,
    C'est le soir.

IMPRÉCATION.

PERFIDE COMME L'ONDE, a dit
Shakespeare, ajoutez :
FROIDE ET AMÈRE , comme elle.

Elle a ri. — Sous les cils qui voilent sa paupière ,
De sa bouche de rose où l'émail de ses dents
Serrait un air moqueur... — froide comme une pierre,
Elle a ri, — ri des vœux que mes soupirs ardents ,
Comme l'encens d'amour d'une idolâtre ivresse,
Faisaient monter vers elle, — elle sourde et traîtresse !
Pas même un regard tendre, un geste consolant
Pour avertir du moins mon effort violent....

Quand seul , un soir, près d'elle, et mon âme en délire,
Silencieusement je me prenais à lire
Aux sereines clartés des étoiles du ciel
Son nom pur comme lui, nom doux comme le miel,
Marie!... — Ah ! l'insensé que j étais ! — ô chimère ?
D'un amour innocent, honte, folie amère ! —
Elle n'a rien compris, et son œil étonné
Plus que tout son esprit ne m'a pas deviné ;
Perdu dans les discours où la parole engage,
Elle n'a pas su voir les pleurs de mon langage ;
Dans ce dédale obscur où fuyait son profil ,
De ma jeune raison je laissai choir le fil ,
Et pour en retrouver le guide secourable
Pas un mot n'est venu de sa voix adorable,

Du soleil de ses yeux pas un rayon n'a lui !
J'eus beau prier encore, et, cherchant un appui,
Profiter du mystère où le jour se dérobe,
Pour toucher de mes mains jusqu'aux plis de sa robe..
Nul écho dans son cœur alors n'a retenti,
Elle n'a rien compris, vous dis-je, et rien senti !...

Aussi, je veux d'un cri qui me venge et qui fasse
Subitement pâlir les roses de sa face,
Mettre ici tout le fiel de mon âpre dédain,
La railler à mon tour, et lui dire soudain :
    « Votre beauté merveilleuse est, Madame,
      Mais vous n'avez point d'âme !... »

LE PROLOGUE DE L'HIVER.

—

FRAGMENT.

    Voici déjà dans nos climats
Qu'aux cris rauques du vent hurlant à triple gueule,
De dame Natura, — chauve comme une aïeule,
    Poudrée à blanc par les frimas, —
L'hiver mène le deuil ; et voici le cortége
    Qui passe devant nos maisons,
En laissant après lui la colle de sa neige
    Sur les toits et sur les gazons.
Les oiseaux morfondus, fuyant à tire d'aile,
    Ont le gosier sec, le bec clos,
Seul, de noir habillé, quelque corbeau fidèle
    Hante les pommiers de l'enclos.
Les arbres dépouillés de leurs vertes perruques,

Laissent, en grelottant, voir la peau de leurs nuques.
La Syrène lascive, inerte au fond des eaux,
Ne vient plus de sa gorge égayer les roseaux
Où, tandis qu'Iolas chante au long son martyre,
On voit nu, comme un ver, barboter le Satyre.
Partout, le fouet en main, l'aquilon rosse et bat
Les rares floraisons que la gelée abat;
Et le saule éploré, secouant sa tignasse,
Ne trempe plus dans l'eau qu'une longue filasse.
Tout est mort ou fort dur : les ondes et les bois;
Et des rameaux crochus les turbulents squelettes
Qui dansent par les airs en se cassant les doigts,
Simulent un combat de portiers en goguettes
   S'éreintant à coups de balais! ..

—La suite manque.... Ici restent dans la coulisse
   D'autres décors tout aussi laids;
   Mais si d'un bonbon de réglisse
Pour ton rhume, lecteur, le goût te convient mieux,
Comme moi tousse, crache et ferme tes deux yeux.

CHANSON.

Sur l'AIR : Au clair de la lune.

Quand Phœbé s'allume,
Mon ami Germaut,
Prête-moi ta plume
Pour écrire un mot ?

Ma chandelle est morte
Et m'a dit adieu,

Ouvre-moi ta porte
Pour l'amour de Dieu.

— Au clair de la lune
Je vis, l'œil au guet,
Deux femmes dont l'une
M'offrit un bouquet :

« Tenez, monsieur *Chose*,
Dit-elle tout bas,
Voulez-vous ma rose....
Du haut jusqu'en bas? »

Je fixai la belle
Et je ris du nom,
Mais ma voix rebelle
Lui répondit : Non ! —

Oh! la vile femme,
Ami, n'est-ce pas?
Qui m'offrait, l'infâme,
Je crois, ses appas?

Et cela me prouve
Qu'à Paris, l'on vend
Ce qu'ailleurs on trouve
Sans chercher souvent.

Cité folle et sombre!
Pleine de voleurs,
Va! garde ton ombre,
Ta boue et tes fleurs....

La honte m'allume,
Mon ami Germaul,

Donne-moi ta plume
Que j'écrive un mot?

L'espérance est morte,
Et m'a dit adieu,
Ouvre-moi ta porte
Pour l'amour de Dieu!... (5)

A LOUIS BLANC.

SHAKSPEARE.

Shakspeare, qu'à mon tour je t'assigne une place!
Ta verve âpre et sublime en ses écarts me plaît;
Oh! le monde est bien tel, hélas! que tu l'as fait,
Dans sa laideur de singe, et qui rit ou grimace
Selon que le vent tourne et transforme sa face;
A côté de Falstaff, le fossoyeur d'Hamlet
Fait, un crâne à la main, l'office de valet;
Et toi, spectre sanglant que nul remords n'efface,
Convive inattendu qui vient d'un juste effroi
Terrifier à table un assassin, un roi!...
A ton ombre applaudit mon cœur de prolétaire.
Mais, ô mon grand William, ne fallait renier
Ce peuple où tu naquis paysan, braconnier....
C'est pourquoi je le dis : poète *impopulaire!*

Il te fallait heurter aux portes des palais,
Non avec l'éperon de gentilhomme anglais;
Mais prenant dans tes mains le fouet et la lanière,
En poète insoumis, enfant de sa chaumière,
Flageller à grands traits tous ces rois imposteurs
Dont ton crayon hardi nous dessine les mœurs;

Dévoiler de leurs cours les plates fourberies,
Des courtisans gagés les obliques roueries,
Et pour leçon alors mettant le châtiment,
De tes drames, Shakspeare, obligé dénouement,
Du peuple soulevé, devant tout un parterre,
Faire clamer la voix et rugir le tonnerre !...

Voilà, dans les écrits dont le style est parfait,
Ce que tu devais faire et que tu n'as pas fait. (6)

A UN AMI.

—

TRADUCTION (7).

Ne fixe pas le visage,
Jeune fille, il est moqueur ;
Mais sois belle autant que sage,
Et considère le cœur.
Le visage est une écorce,
Et le langage une amorce.
D'un beau jeune homme souvent
Le cœur est vide ou difforme,
Et l'amour comme le vent,
De l'oubli n'a que la forme.

Certes, le sapin n'est pas beau,
Beau comme le chêne ou le tremble
Et quand je le vois il me semble
Voir le noir gardien d'un tombeau.
Mais quand nu, dépouillé, le plus beau chêne tremble
Au souffle glacé de l'hiver,
Le sombre et noir sapin a son feuillage vert.

Mais à quoi bon de ces choses
Ami, disputer ici ;
Laissons à côté des roses
Le jaune et triste souci.

Tout ce qui n'est pas beau, selon nous, a tort d'être,
Et la beauté n'aime que la beauté.
Du hêtre sourcilleux la rigide fierté
Sourit à l'humble fleur qu'à ses pieds il voit naître ;
L'or se moque bien du gravier,
Mai tourne le dos à janvier.

La beauté seule est parfaite,
La beauté seule peut tout.
Elle triomphe, partout
Sa présence est une fête ;
Et c'est la seule chose, ami,
Qui n'existe pas à demi.

— La laideur seule est parfaite,
La laideur enlaidit tout ;
Son ombre vous suit partout
Comme un sinistre prophète ;
Et c'est la seule chose, ami,
Qui n'existe pas à demi. —

..... La laideur est le symbole
De l'insupportable ennui :
Le corbeau dans le jour vole
Et le hibou dans la nuit.
Mais la beauté, cette idole
D'un intarissable amour,
A tout l'éclat de la grâce frivole :
Le cygne vole et la nuit et le jour.

LES AMOURS.

LIVRE SECOND.

SONNETS.

A UNE OUVRIÈRE.

J'ai gardé dans mon cœur ta chère souvenance,
Simple et naïve enfant, que sur un banc je vis
Pour la première fois seule aux *Grands-Ambésis*,
Assise, l'œil baissé, travailler en silence.

Comme alors mon regard qui t'épiait d'avance
Avait de joie à suivre en d'agiles replis
Le vol de ton aiguille et de tes doigts jolis !
Je restais là, pensif, — devant tant d'innocence

Du désir malgré moi j'étouffais le tourment ;
Et si près de parler, plein d'un vif sentiment,
Je suspendais ma lèvre à ton travail austère,

Toi si pure et candide ! Ah ! combien j'aimais mieux
Renfermer dans mon cœur un amour précieux,
Et, fier de mon secret, t'admirer... — et me taire.

A ARTHUR GUILLOT.

L'AMITIÉ.

Amitié ! mot banal, fleurette décevante,
Chapitre tant prôné de l'histoire du cœur,

Je connais aujourd'hui ton prix et ta valeur,
Et comme, en la brisant, tu trompes l'âme aimante...

Ah ! devant tous les yeux , de ta face changeante
Que ne puis-je arracher ce masque intérieur
Qui presque toujours cache , avec tant d'impudeur,
Des dehors les plus faux la feintise flagrante !

— Va, tu n'es bien qu'un mot, jargonneuse amitié !
Un jeu de comédie où l'art est de moitié
Avec la fourberie ; aussi par elle , frère,

Ne vous laissez jamais éblouir, et de tous
Ces amis si fervents, croyez-moi, dites-vous :
Que s'ils flattent devant, c'est qu'ils frappent derrière.

SOUVENIRS D'HIVER.

I.

Quand l'hiver, près de l'âtre où frétille la flamme,
Les pieds sur mes chenêts, je me souviens, Madame,
Écoutant tristement, derrière mes rideaux,
Tinter avec le vent les lourdes gouttes d'eaux ;

Parfois, j'entends aussi, comme une voix qui brame,
Une amère douleur éclater dans mon âme ;
Je cherche en mon esprit un remède à mes maux,
Et je n'y trouve, hélas ! que le vide ou des mots.

Mais vous, chaste beauté, qui passez dans ce monde
Faux et moqueur, pareille au cygne qui fend l'onde,
Sans y ternir votre aile, et le cœur plein de foi ;

Dites, lorsqu'en ces nuits dont l'amoureux mystère

De vos traits adorés me fait voir l'ombre austère,
Je ne pense qu'à vous! — oh! pensez-vous à moi?

II.

Blanc linceul de l'hiver, belles nappes de neige!
Où se tordent les pieds des arbres gémissants, —
Pour y prendre une balle et m'amuser, que n'ai-je
De ma folle jeunesse encore les quinze ans!

Et vous que j'ai perdus, mes amis de collége,
Aux jeux inoubliés, aux noms toujours présents,
Vous, dont le souvenir me distrait et m'allége
Des rigueurs de la vie et d'ennuis si pesants;

Laissez-moi dans mon cœur ressusciter votre ombre;
Serrés comme autrefois, près de moi faites nombre,
Et par vos cris joyeux rasserénez mon front :

Rions, rions ensemble, et de l'appel qui sonne,
Du pédant qui rugit, du pensum qui foisonne...
— Rameaux noirs et glacés, vos chansons reviendront.

III.

Par une nuit d'hiver, l'âme et le corps transis,
Dans le nuage épais d'une double fumée,
Je suivais tout pensif, devant mon âtre assis,
Les bleuâtres sentiers de ma pipe allumée...

Puis, ramenant au feu quelques tisons noircis,
J'aimais à voir la flamme en sursaut ranimée,
Pour vaincre la froidure et chasser mes soucis,
Sur l'ardent *brasero* danser comme une Almée.

Autour de moi c'était un paradis; les murs

De ma chambre étonnée et folle de lumière,
M'offraient, de tous côtés, fleurs fraîches et fruits mûrs.

J'étais en plein verger ; je rêvais bois, chaumière,
Herbe tendre, musette et chanson dans les prés...
— Par malheur, il faisait un froid de dix degrés.

IV.

Quand parfois du soleil l'œil rare et caressant,
Dans l'atmosphère grise où son regard éclate,
Veut bien me visiter, comme un hôte, en passant ;
Près ma fenêtre assis, là mon cœur se dilate,

Au spectacle frileux d'un arbre adolescent
Dont le torse mobile a pour branche une latte,
Où, malgré la froidure et le givre perçant,
Foisonne au vent d'hiver un feuillage écarlate ;

Les moineaux étourdis, comme de jeunes fous,
Pour y jaser entre eux s'y donnent rendez-vous....
Et moi, devant la vitre, où mon front rêveur pose,

Je jette un souvenir à ce joyeux rameau,
Mêlant la feuille rouge où niche un passereau,
A la lèvre amoureuse où meurt un baiser rose.

ÉLÉGIE.

— Femme, femme endèvée, où diable m'as-tu mis ?
Dans quel guêpier, dis-moi, m'as-tu fourré la tête ?
Où trouver maintenant, en si beau train de fête,
De quoi, ma toute belle, acquitter *les amis ?* *

Car ma bourse est à sec ; je n'ai plus une obole,

* Argot de bon ton qui veut dire : les créanciers.

De quoi, pour mon dîner, payer trente-deux sous
Demain quand j'aurai faim ; quand, tardive parole,
Tous deux nous nous dirons : « Mon Dieu, sommes-nous fous!

Ah ! misérable gueux que je suis, — c'est infâme !
Et tout cela jeté, perdu pour une femme....
C'est, foi de gentilhomme, à se casser les os !

Que si jamais aussi, cher ange que j'adore,
A sombrer dans l'orgie on me rattrape encore,
Comme un sloop démâté, je me mets sur le dos.

IDYLLE.

De mon ami Leroy, le bras au mien passé,
Nous marchions tous les deux, lorsqu'au coin d'une rue,
Penché sur un balcon près d'un myrte encaissé,
Le plus joli minois vint frapper notre vue.

Divinement surprise, en négligé mignon,
Une fille était là toute seule et distraite,
Laissant voir à demi dessous sa collerette,
Certains appas secrets dont chacun sait le nom.

Nous approchâmes...—mais avant qu'une parole
Eût vers elle glissé de nos lèvres frivole,
La coquette avait fui derrière son rideau !...

Comme un sylphe, un oiseau, sans plus laisser de trace
Que l'ombre qui se joue aux reflets d'une glace
Et disparaît comme elle... au moment le plus beau.

A TH. THORÉ.

—

PROSOPOPÉE.

I.

En ces jours d'égoïsme et de corruption
Où l'action s'applique ainsi que la parole
Au culte du veau d'or, ignoble et sale idole ;
Dans ce monde où chacun, hypocrite histrion,

Va du rôle de dupe à celui de fripon ; —
Parvenus ! dont le cœur reste sec ou frivole
Devant l'âme qui pleure et le pauvre qu'on vole,
N'ayant d'autre souci, de chaude passion,

Que pour vivre à leur aise ou gonfler leur fortune,
Sans que rien ne les gêne et surtout n'importune
       Leur tranquille félicité ! —

Oui, tu l'as dit, Barbier, rapsode magnanime,
« Le poëte doit être un protestant sublime
       Du droit et de l'humanité. »

II.

Poëte, je le suis ; et la preuve, ô mon maître,
C'est l'élan que je sens dans mon cœur irrité,
Par ton nom glorieux, il est vrai, suscité ;
C'est l'inspiration que ta lyre a fait naître

En mon cerveau troublé, — beau mirage, peut-être,
Qui fascine ma vue et flatte ma fierté ;
Mais n'importe ; où tu vas, comme toi transporté,
J'irai, maître, j'irai,... dussé-je à tous paraître

Ou plus fou qu'Érostrate, ou plus audacieux
Qu'Encelade voulant escalader les cieux.
    — Muse chaste et brûlante,

Comme Élie emporte-moi sur ton char de feu ,
Et du haut de la sphère où roulera l'essieu
    Fais tonner ma voix violente !

III.

A vous, bourgeois ! à vous dont les crânes épais
Sous l'auvent de vos fronts, — enseigne magnifique,
Portent écrit ce mot : *magasin* ou *boutique*, —
A vous toute mon ire, ou mieux, à moins de frais,

Le mépris du silence et le vœu que je fais
De vous laisser dormir, race soporifique ;
Car à quoi bon railler le zéro pacifique
Dont il faut respecter la valeur désormais !

Je m'incline, marchands ! peut-être, par vengeance ,
Ne voudriez-vous plus me fournir ma pitance
    Et de viande et de pain,

Et je ne sais que trop qu'il faut manger pour vivre ,
Sous peine de tomber à bas comme un homme ivre,
    Ivre qui meurt de faim !

IV.

Je n'irai pas plus loin ; c'est assez, je présume ,
De sonnets mal sonnants égratigner l'enclume
Où rayonnent les noms de Barbier, de Gilbert ;
— Ou je parle à des sourds, ou je chante au désert,

C'est tout comme ; et je sais l'ordinaire coutume

Qu'ont de s'aller coucher près d'un fumier qui fume
Certains animaux qui, sans attendre au dessert,
S'endorment tout repus d'herbage et de foin vert...

Leur image est la vôtre, égoïstes sans âme,
Qui, pour un peu plus d'or, vendriez votre femme
      Et votre opinion

A tous ces trafiquants de vertus, de morale,
Que renvoie aux égouts la fange la plus sale
      De la corruption !...

VIRGINITÉ.

A ma sœur.

Virginité des cieux ! belle et simple pudeur,
De nos sombres climats exilée et flétrie,
Comme un ange perdu vers le ciel ta patrie
Es-tu donc remontée ?... Ah ! misère et douleur,

Sur nous qui n'avons pas su, précieuse fleur,
Te garder toujours pure avec idolâtrie ;
Qui t'avons de nos mains polluée et meurtrie
Dans l'ivresse du mal et d'une horrible ardeur !...

—Maintenant comment faire, ô mon Dieu, pour te dire
De ne pas nous briser, de ne pas nous maudire ?
Sous les nuits sans clarté qui pèsent sur nos fronts,

Est-il en ta clémence une espérance encore...
Et pour dissiper l'ombre, effacer tant d'affronts,
Seigneur, feras-tu luire une nouvelle aurore ?..

AU PARC.

—C'était sous les tilleuls; par un soir brun d'automne,
Les feuilles, à nos pieds, dans les herbes tombaient,
Dans les airs attiédis des senteurs s'épandaient,
Et d'un soleil pâli que la pourpre environne

L'horizon montueux lacérait la couronne.... —
Je ne sais quels parfums sur nos têtes glissaient,
Quels chants sur les rameaux les oiseaux se disaient,
Ni d'insectes cachés quel concert monotone

Se mêlait à des bruits vagues et ténébreux... —
Je ne sais, je ne sais... mais, *Julie*, en tes yeux
Quel spectacle plus beau de chants et d'allégresse

Pouvais-je contempler! et quel plus cher trésor
De parfums plus divins, puis-je trouver encor
Sur tes lèvres, *Julie*, ô ma jeune maîtresse!...

—

« L'homme ne naît que pour mourir, » a dit l'abbé Rancé.

La vie, ô Salvator, est une fosse creuse
Où nous nous retournons comme en un lit de mort;
C'est une arène sombre où la lutte est affreuse,
Notre âme s'y débat en vain contre le sort;

Dans le sang, dans la boue, elle a beau, courageuse,
De son cercle de fer agiter le ressort,
La main qui le forgea l'y fixe radieuse
Jusqu'à ce qu'un cadavre y soit lorsqu'elle en sort.

—O toi, Fatalité! mer orageuse et noire
Où s'engouffrent d'un homme et les os et l'histoire,
De notre vie à tous n'as-tu d'autre souci

Que de pétrir un corps pour le broyer ensuite,
Et plus tard, au passant, quand vient l'heure maudite,
De montrer une tombe, en disant : le voici ?...

L'AMOUR.

L'amour, chemin semé de joie et de douleur,
Fossé sur la grand'route où la ronce cruelle
Dispute à votre main une charmante fleur ;
Prenez-y garde au moins, la piqûre est mortelle !...

Mais, je le sais, de ça votre esprit est moqueur,
L'avis est trop pressé, l'occasion trop belle ;
Rien seul que d'y songer, de la voir, votre cœur
Trouve à côté la peur plaisante bagatelle ;

Et quel qu'en soit le prix, gai moissonneur d'un jour,
Il vous faut la cueillir cette fleur de l'amour...
Sur vos lèvres alors, comme une fraîche hostie

Vous la pressez longtemps ; mais elle... s'est bientôt
Fanée à votre souffle ainsi que dans un pot ;
Ce n'était qu'une fleur, — las ! vous l'avez sentie.

ANTITHÈSES.

La femme est une abeille, et l'amour est le miel ;
Pour la fidélité, la ruche c'est le ciel. —
Le lys ouvre au soleil sa corolle embaumée,
Comme au baiser la bouche offre sa lèvre aimée. —

— L'homme qu'aigrit souvent la douleur ou le fiel,
Dans un labeur ingrat tient son âme fermée ;
Et pour la volupté sereine, parfumée,
N'entr'ouvre avec froideur qu'un cœur officiel,

C'est fadaise ou devoir ; ce qu'il prend, il le paie ;
Où l'idéal s'endort, son lourd esprit s'égaie,
Tel aux pieds d'un beau myrte on verrait un melon.

—Femme, abeille d'amour, mouche alerte et joyeuse,
Fuis le tronc creux du chêne hanté par le frelon ;
Vis sur le sein des fleurs, pure et laborieuse...

TROUVAILLE.

Par un beau jour de mai, dans l'herbe fraîche et molle,
Une fleur, dont je ne sais pas même le nom,
Étalait au soleil sa mignonne corolle
Que le vent balançait de folâtre façon ;

Puis un hêtre, je crois, dont Tityre raffole,
Dressait tout à côté son gigantesque tronc ;
Le vent, comme à la fleur, des rameaux de son front
Balançait mêmement la flexible auréole....

—Et moi, poëte, assis sur le bord du chemin,
Fermant le livre ouvert en ma débile main,
Je mendiais au ciel les pensers de mon âme ;

Quant tout à coup frappé par l'inspiration,
La muse alors m'offrit cette conclusion :
«Parbleu! l'arbre c'est l'homme, et la fleur c'est la femme.

A UNE FILLE SANS NOM.

—N'es-tu donc, ô mon Dieu, comme *Luna* la ronde,
Bohémienne à l'œil noir ! qu'un astre ténébreux
Qui roule aux carrefours comme au plafond des cieux
Dans la fange des nuits ta clarté vagabonde ?...

Dolente et folle vierge ! où trouver en ce monde

Un homme, blond rêveur au cœur religieux,
Qui de ta gorge nue écartant les cheveux,
N'ait pas, railleur impur, sali sa lèvre immonde

D'un amour impuissant et de baisers maudits,
Achetés pour une heure au fond de ton taudis ! —
Ah ! qui reformera les nœuds de ta ceinture,

Bohémienne à l'œil noir ? et qui donc le croira,
Quand du ciel en ton âme, errante créature,
Comme un nouveau baptême un rayon tombera ?

MYSTÈRE.

Quand la douleur muette au cœur qu'elle déchire
Comme un vautour rongeur s'acharne et reste là,
Goutte à goutte filtrant sous son bec de vampire
Le sang, ce noble sang qu'à des larmes mêla

Le malheur d'une amour qu'*il* aurait dû maudire ;
A quoi sert, ô mon Dieu, l'avenir au delà ?
D'être fort, d'être jeune, et de falloir se dire
Que la tombe serait préférable à cela ?

Ah ! c'est qu'envers le cœur la nature est marâtre,
Le feu qu'elle y propage , ainsi que dans un âtre,
Pour un moment d'oubli, de bonheur, est bientôt

Éteint funestement. Le crime est dans la faute ;
Il faut, pour en finir, qu'une cervelle saute !...
— Le suicide est là qui passe incognito.

NEUF HEURES DU MATIN !

Ce 30 septembre 1842.

Elle est morte, ô mon Dieu ! morte dans la souffrance ,
Comme elle avait vécu... — *Julie*, âme du ciel !
Toi qui n'as bu du sort ici-bas que le fiel
A ce vase fêlé de la folle inconstance ;

Pécheresse d'amour, dont ma sainte ignorance
De fleurs et de parfums jonchait toujours l'autel,
Crédule qu'elle était à tes lèvres de miel,
Oh ! je ne t'en veux pas : j'ai gardé souvenance

De ce cœur fier du moins de mon illusion
Et qui m'a tant aimé... — Fatale passion !
Dans quel martyre, hélas ! l'as-tu donc expiée !

Va ! — si loin que je sois, compatissant et seul, —
Julie, emporte encor sous ton pâle linceul ,
Avec mon dernier pleur, ma dernière pensée !...

PRIÈRE.

A ma mère.

O vous, Maitre divin, dont le trône est aux cieux,
Seigneur, qui dans nos cœurs aviez mis la semence
Du bien comme du mal , beau livre de science,
Où se sont égarés nos efforts orgueilleux

Dans le funeste choix qu'il offrait à nos yeux,
Des sens et de l'esprit aveugle préférence ;
Seigneur, sur nous que rend criminels la souffrance,
Abaissez vos regards miséricordieux !...

Aux sereines clartés du jour et des étoiles,

Sur ce morne océan où nous voguons sans voiles,
Oh! faites luire encor l'espoir et le pardon !

Donnez-nous la pensée intérieure et pure
De la paix du foyer, du ciel, de la nature,
Et chassez loin de nous le doute et l'abandon.

A AUGUSTE BIGAND.

MICHEL-ANGE.

Quand, poursuivant dans l'art une route nouvelle,
Ton pinceau, Michel-Ange, impétueux coursier,
Docile à ton génie, au feu de ta prunelle,
Incarnait sur un mur le *Jugement dernier,*

Ah! quel est l'homme alors, dont l'étroite cervelle
A ton œuvre appliquant la loupe du métier,
Eût osé discuter en ton dessin altier
La ligne d'un contour ou le pli d'une aisselle?...

On en est là pourtant de nos jours, et vraiment
C'est pitié que de voir, en ce travers, comment
Chacun fait du grand Art une plate fadaise !

—Et si j'invoque ici d'autres noms radieux,
Que ne sauraient troubler les cris de quelques vieux,
C'est vous avoir nommés Rubens et Véronèse !

LA LUNE.

—Lune, je te salue, à ma vitre blémie,
Tu viens coller le nez de ton profil cornu,
Et dans ma chambre indigne aussi noire que suie,
Poser comme un flambeau ton œil oblique et nu...

Je ne t'attendais pas, après un jour de pluie
Où sous mon toit mouillé malgré moi retenu,
En dépit de la muse obstinée, endormie,
Ma cervelle en travail cherche une rime en u ,

Je suis, je te l'avoue, assez triste et maussade ;
Mais, ô lune, ma mie, à moins d'être malade ,
Il faudrait avoir l'âme aussi plate qu'un mur

Pour te dormir au nez ! — J'aime la nuit sereine
Dont vous êtes, Phœbé , la fantastique reine,
Et je mets à vos pieds ma pipe et le chat Murr . *

A AD. SAINT-CHARLES (8).

—

CLORIS.

Allons ! la paresseuse, et tirez vos rideaux !
L'aube qui point au ciel vient blanchir notre alcôve,
Il est jour, ma Cloris ; déjà de son œil fauve
Le soleil rit aux champs et dore les coteaux ;

Sur les buissons en fleurs, déjà les passereaux
Fredonnent leur chanson : vois, le lièvre se sauve
Du bord du chemin creux où passent les troupeaux ;
Et dans l'herbe ensablée où s'évase la mauve

Les insectes épars rôdent luisants et frais...
— Lève-toi donc, Cloris : les lis de tes attraits
N'offrent pas moins d'éclat que ceux de la vallée.

---

* Charmant conte d'Hoffmann, que tous les rêveurs et fu-
meurs doivent lire.

Fleurs et baisers souvent se cueillent à la fois ;
Tout est de bonne prise en amour comme au bois ;
Clef des champs, clef des cœurs, c'est toujours clef volée.

FLEUR D'HIVER.

Te voilà donc enfin, petite fleur, éclose
Sans souci, toute fraîche, et malgré le terrain
Levée en ma soucoupe ainsi que sur la main !
Car je t'aime à l'égal d'un œillet, d'une rose,

Inodore fleurette, où mon regard se pose
Avec tant de désirs, quand lassé, mal en train,
Le front vide et pourtant lourd comme un pot d'étain,
Je voudrais, laissant là ma besogne morose,

Par un beau jour d'avril, au soleil printanier
M'en aller au plus vite ainsi qu'un écolier,
De vos lilas en fleurs, royales Tuileries,

Humer, le nez au vent, les purs baumes dans l'air,
Ouïr, sur vos gazons, des oiseaux le chant clair,
Et sans fin jusqu'au soir rêver... de rêveries !

A THÉOPHILE.

Je t'ai lu, Théophile, et j'aime à te le dire,
Ton luth a réveillé mon cœur silencieux,
Et sur la tombe fraîche où ta muse soupire
Comme une biche au fond des vallons amoureux

Le nom de quelque chère âme envolée aux cieux,
Combien j'aime à te suivre ! Ah ! c'est qu'aussi j'admire
Tous ces beaux désespoirs que la douleur t'inspire,
Et je maudis la vie en mes jours malheureux !

— Allons donc voir Cloris au bout du cimetière,
Ta Cloris endormie et logée en sa bière
Comme un oiseau perdu sous l'herbe et dans les fleurs...

La mort, ô Théophile, est la meilleure chose :
A tes jeunes amours elle a pris une rose,
Mais tu nous es resté, poëte, avec les pleurs !

LE CIMETIÈRE.

Ah ! ne rions jamais sur la cendre des morts !
Dans ce champ excavé, tout fleuri d'herbe amère,
Où s'entendent parfois à l'angle d'une pierre
De sanglots étouffés les stériles efforts...

Laissons comme à des fous le rire aux esprits forts :
La vie est chose brève, et les six pieds de terre
Au bord d'un trou béant levés au cimetière,
Ainsi que l'édredon recouvriront nos corps.

— O vous qui souriez, homme vain et frivole,
Dont l'esprit peint le cœur, qui n'avez de parole
Douce, tendre, que pour les femmes d'un salon,

Ne vous dérangez pas : de ce tertre où je rêve
Au drame pantelant qui devant moi s'achève,
Je vois déjà le ver qui vous mord le talon !

ITERUM LUNA.

Molle et blanche *Luna*, que toujours j'idolâtre,
Astre des cœurs brisés, des silences amis,
Qui verses le repos à nos sens endormis...
Combien j'aime à te voir au firmament bleuâtre

Allumer la clarté de la lampe d'albâtre.

Dans le deuil noir des jours où l'ennui nous a mis,
Tu viens, comme un spectacle à nos regards promis,
Égayer, sous les toits, de ta lueur folâtre

Le front pâle et rêveur du poëte indolent,
Glisser, en son réduit, un rayon consolant ;
Car d'un amour caché trop souvent la torture

Se réveille en son cœur ; la femme qu'il poursuit
N'est qu'un rêve adoré dans l'ombre de la nuit ;
Toi seule es bien, hélas ! son amante, ô Nature !...

CONTRE LE REPOS.

—Non, l'homme n'est pas né pour vivre comme une huitre,
Adossé contre un mur et le ventre au soleil ;
Et son œil ne saurait ressembler à la vitre
Qui reçoit sans le voir l'éclat du jour vermeil.

Parmi les fonctions dont sa vie a l'arbitre,
Il ne doit que son corps aux torpeurs du sommeil ;
Et si l'âme est en lui, ce n'est qu'à ce seul titre
D'aspirer la pensée au moment du réveil.

Pour qu'à la vérité votre voix corresponde,
Il faut qu'avec le cœur l'action lui réponde ;
Et l'esprit sans croyance est un ciel sans clarté.

Du génie à nos fronts Dieu n'a mis l'auréole
Que pour servir à tous d'idée et de boussole
Vers un but d'avenir ou bien d'humanité.

LE PRINTEMPS.

Voici le doux printemps : son haleine amoureuse
Réveille dans leurs nids les oiseaux des buissons ;

L'herbe s'emplit de fleurs, et les jeunes moissons
Recouvrent du vallon la gorge encor frileuse.

D'un soleil imprévu la flamme radieuse
Des rancunes d'avril fond les derniers glaçons ;
L'onde s'épanouit, la nature est heureuse ;
Le ciel a des parfums, et l'arbre des chansons.

— Sous les fauves lueurs dont l'aube est toute pleine,
Les travailleurs joyeux s'avancent dans la plaine,
Leurs outils sur l'épaule, ils vont frais et dispos

Reprendre au bout du champ la charrue endormie ;
Car, pour tous ceux qu'abrite une chaumière amie,
La vie est un labeur, la mort seule un repos.

L'HIVER.

Voici le triste hiver : aux champs, dans la vallée,
Sous un linceul glacé, la nature s'endort ;
L'arbre ne chante plus ; sa ramure pelée,
Comme un fagot défait, flotte aux bises du nord ;

Plus de chants, de parfums sous le ciel lamé d'or ;
L'oiseau caché se tait : l'herbe courte et gelée
Ne tend plus de ses fleurs la résille étoilée :
De la campagne en deuil tout a fui, — tout est mort.

De la cime des toits la fumée en spirale
Dans un air tourmenté monte, agonise et râle ;
Le pré jette éploré ses guenilles au vent ;

Et le chaume isolé, penchant sa face blême
Sur le bord du chemin que le givre parsème,
Semble un pauvre accroupi dans ce désert mouvant.

A LOUIS LEROY.

—

PHILIS.

Oh! tais-toi, ma Philis! sur ta bouche mi-close
Laisse, avide et sans voix, la mienne se poser,
Et là, comme l'abeille au pistil d'une rose,
Cueillir en frémissant le doux miel d'un baiser.

N'es-tu pas le ciel clair où mon œil se repose;
Le soleil où mon âme ardente à s'embraser,
— Mais, sûre d'un éclat qui ne peut l'abuser, —
De mes jours attristés chasse l'ennui morose?...

Et quelle aurore aussi plus fraîche à mon réveil,
D'un bonheur odorant quel vase plus vermeil,
Que ton amour si vrai, si pur!... — O bien-aimée,

Étoile de ma vie, adorable clarté,
Du soir où je te vis mon cœur fut habité,
Et sa porte sur toi, ma Philis, s'est fermée.

LA VIE.

Frère, vous l'avez dit, la vie est misérable,
Et pour tous les cœurs purs la mort est préférable.
Talent, fortune, amis, esprit, plaisirs, beauté,
Ne cachent bien souvent que leurre ou pauvreté.

Nos projets insensés, notre orgueil périssable,
Comme nos pas errants, ne laissent sur le sable
Qu'une empreinte éphémère, et la postérité
N'est qu'une tombe où dort la pâle humanité.

Rêves, désirs, jeunesse, espérance fugace !
Devant vous l'avenir recule, puis s'efface ;
Nous n'embrassons qu'une ombre, et cette ombre est l'oubli !

Tout le reste, néant ! — dans un trou, sous la terre
Un cadavre qui tombe, et plus tard sur la pierre
Un nom terne, inconnu qui dans l'herbe se lit.

A ÉMILIE V......

— A une représentation de LA CIGUË.

Toujours vous, ô V.......! toujours vous, reine, esclave,
Beauté fière ou docile... à mes esprits rêveurs
Toujours vos doux regards, votre profil suave,
Et ce corps amoureux plein d'exquises saveurs.

Vrai cygne, je l'ai dit ; mais dont la grâce brave
Et dédaigne l'appât des terrestres ferveurs.
Pour moi, je veux ravir d'innocentes faveurs
Au dieu jaloux qui met entre nous tant d'entrave,

Et j'ai béni cent fois la bonne occasion
Qui, me laissant de vous la chère vision,
Charmait, à votre insu, mon amour insolite ;

Sans compter qu'en ce rôle où vous êtes si bien,
Le nom que vous portez par hasard est le mien,
Et que j'aime deux fois, rôle et nom, *Hippolyte.*

A ÉMILE LAMBINET.

SUR LA ROUTE.

— Oh ! c'est là : voici bien le clocher, la chaumière,
Les champs et la verdure épars le long des bois ;

Voici bien le bonheur, la gaîté, la lumière,
Et les blanches maisons du hameau de Valbois !

J'ouïs comme un doux son de viole ou de hautbois
Que m'apporte, en passant, la brise printannière ;
J'entends déjà crier la grille hospitalière,
Et le chien du fermier qui, par ses longs abois,

Semble dire aux voisins ma présence au village...
Allons donc, hâtons-nous ! le ciel bleu, sans nuage,
Verse à flots dans mon cœur la joie et les chansons !

Onde claire, arbres, fleurs, soleil, verte prairie,
Vous êtes bien ici ma plus chère patrie,
Et vivre, — c'est rêver sous vos doux horizons.

INSOMNIE.

Oh ! la rumeur lointaine : on dirait d'un fléau
Qui bat l'air ahuri ; d'une tapisserie
Que frappent des bâtons dans quelque vert préau,
Et qui jette aux échos sa sourde batterie...

Dans ce bruit où le soir flotte ma rêverie,
J'aime à voir ainsi qu'elle aller comme à vau l'eau,
Poussé par le zéphir, mon svelte et blanc rideau ;
Puis du ciel étoilé contemplant la prairie,

Voir glisser sur la lune un nuage attristé
Qui raye en la voilant sa nocturne clarté...
— O Paris, quand tout dort en tes mornes demeures,

Moi, j'ouvre ma fenêtre au sommeil qui me fuit,
Et la brise, en passant, emporte dans la nuit
Les plaintes de mon âme avec le vol des heures.

A L.-A. BERTHAUD.

Berthaud ! vous êtes mort, mort comme un vrai poëte,
Au moment le plus beau de jeunesse et d'espoir,
Quand le soleil joyeux riait sur votre tête
Quand la muse, sur vous inclinant l'encensoir,

Versait tous ses trésors de parfums et de fête.
De fête... — Ah ! qu'ai-je dit, maintenant qu'il faut voir
L'astre du jour fatal et, sans attendre au soir,
Devant le cimetière un char noir qui s'arrête...

— Ah misère ! et pourtant c'est le destin : malheur
Au poëte aujourd'hui dont l'énergique pleur
Fait clamer parmi nous le courroux populaire !...

Il passe, voilà tout : et vous-même, ô mon Dieu !
N'aurez-vous donc aussi dans votre saint adieu,
Qu'un peu d'herbe et d'oubli pour bénir sa colère ?...

LE SOMMEIL.

Cherchons l'oubli des maux dans les bras de Morphée,
Des vains rêves du jour aux rêves de la nuit
Laissons passer du cœur la douleur étouffée ...
Qu'au calme du sommeil le calme de l'ennui

Fasse place à son tour ; souhaitons qu'une fée
De quelque heureux mensonge en mon sombre réduit
Vienne m'offrir du moins le consolant trophée ;
Car j'ai l'âme abattue, et plus rien ne me luit

Qu'un repos lourd, inerte, où mon corps par avance
Est comme un soliveau pur de toute souffrance,
Matériel et sec, comme lui gros et rond,

Et couché sur le dos, n'ayant plus rien de l'homme
Qu'une masse quelconque, une chose qu'on nomme
Soit dans l'arbre ou le corps, du même mot : *le tronc*.

MORTE !

Sur le mur de ma chambre, ainsi que les anciens,
Marquons ce jour fatal d'un noir charbon de craie;
Soyons calme comme eux : quand la douleur est vraie,
Quelque atroce que soit l'étau de ses liens,

Il faut savoir souffrir sans se plaindre, et je tiens
Pour un lâche celui que le martyre effraie,
Celui qu'à sa faiblesse un cœur de femme enraie,
Et qui sème de pleurs d'amoureux entretiens;

Mais l'homme grand et fort, qui sait courber sa tête
Sous le vent du malheur, aux cris de la tempête,
Pour quand, elle a passé, la redresser après;

Celui-là je l'admire, et je lui dis : « O frère !
Contemple donc ce lit, et sur son blanc suaire
La *morte* que j'ai là mise à nu tout exprès !!... »

PROSOPOPÉES.

—

I.

— Je suis vieux, je suis vieux ! je n'aime plus la femme;
Comme un astre tombé dans la nuit du cercueil,
De l'amour dans mon cœur je sens finir la flamme;
Mon visage est flétri, sec et triste est mon œil,

Et rien ne chante plus au vallon de mon âme !...
Je suis vieux, j'ai trente ans; j'ai déserté le seuil

Du foyer généreux où je payais, — infâme, —
Du plus grossier amour un innocent accueil ;

Et je m'en suis allé sans regret, le cœur vide,
Voyageur égaré, seul, dans la nuit livide,
Traînant sous mon manteau la misère et l'ennui. —

A quoi puis-je être bon?... Comme des fleurs fanées,
Feuille à feuille ont séché mes plus belles années,
Et je n'ai plus hélas! qu'à mourir aujourd'hui !

II.

Mon Dieu ! de mes désirs que l'ardeur est étrange !
Je sens que je n'ai plus un seul penser décent ;
Toute pudeur me quitte, et dans mon corps descend
Comme un impur torrent de matière et de fange...

Je ne vois plus les cieux : plus de vierge, ni d'ange
Qui me vienne apporter son idéal accent ;
Le jour triste me pèse, et d'un cœur innocent
La volupté cruelle, hélas! rit et se venge.

— Pleure, ô mon âme! et vous, Muse, fermez les yeux!
Le poëte n'est plus : de ses cris furieux
C'est la réalité, c'est Vénus, une femme,

Qu'il appelle en ses bras ; — mon sang brûle et frémit ;
Du transport qui m'étreint mon visage blémit,
Et j'ai l'amour au corps, quand j'ai la mort dans l'âme!...

A AUG. GIGAND.

—

MARGOT.

Je connais par le monde une brune servante,
Vénus de boulevard, versant au cabaret,

De son bras rouge et nu , liqueurs ou vin clairet ;
Rubens eût envié son allure mouvante

Sur des reins souples et cambrés comme une acanthe ,
Et sa main eût d'abord lacéré le corset
Où se gonfle captive, ainsi que dans un rêt,
De seins fermes et lourds la forme rayonnante.

Aussi leste qu'un daim, le pied dans son sabot,
Vous la voyez bondir au seul nom de *Margot ;*
Et quand à votre appel venant d'un pas sonore,

Sous vos regards, afin de vous écouter mieux,
Elle abaisse, affolée, et sa gorge et ses yeux....
—Pour moi, je vois s'ouvrir la boite de Pandore.

A CYRANO DE BERGERAC.

Permets, grand Cyrano, seigneur de Bergerac,
Qu'à tes pieds prosternant mon humble et maigre face ,
Poëte ! en ton honneur j'appende mon hamac
Dans les sentiers frayés par ta muse fugace...

J'ai lu qu'un jour, narguant tempêtes et bonace ,
Les reins ceints d'une corde et ballonnés d'un sac ,
Comme un étrange oiseau peu connu du Parnasse,
Du firmament ton vol atteignit le tillac ;

Et j'ai compris que si, dans ce voyage unique ,
Le soleil dessécha ton gosier famélique ,
Ton esprit jeune et frais ne resta jamais sec.

Quant à dame *Luna,* reine altière et baroque,
Ton génie a conquis sa plus riche défroque,
Et ton nom, Cyrano, fait taire mon rebec.

ANTIGONE.

Honneur à toi, Sophocle ! honneur à vous, jeunesse !
Qui, sous nos yeux charmés remettant le passé,
Dans vos vers pleins de grâce et d'exquise noblesse
Nous rendez tout vivant un chef-d'œuvre effacé,

Une œuvre vraiment grande où l'humaine faiblesse
A tous les fiers élans d'un culte haut placé,
Où l'amour le plus vrai que sur terre on connaisse
Dans le plus pur des cœurs tombe mort et glacé.

Antigone ! Antigone ! es-tu donc revenue
Éveillée à la voix d'une muse ingénue ?
As-tu bien retrouvé ton chaste vêtement,

O pâle fiancée ?... et ton ombre chérie
A-t-elle pas heurté le seuil d'une patrie
Qui chez nous toujours s'ouvre à ce mot : dévouement ?

LE JOUR DES MORTS.

A mon père.

O d'un père adoré mânes encor si chères !
Serait-il vrai, mon Dieu ! que votre souvenir,
Un jour — jour misérable — et malgré mes prières,
Comme une lampe éteinte, en mon cœur dût finir ?...

Est-il vrai que l'hymen, le monde et les... affaires,
Le présent soucieux, l'éphémère avenir,
Loin de vous, fleurs des morts, tombes des cimetières,
Dans l'oubli du passé pourront me retenir ?

Oubli ! — torrent impur, dont l'eau profonde et noire
Des cœurs qu'elle a souillés disperse la mémoire, —
Si tu dois, moi vivant, de ton lâche sommeil

Empoisonner mon âme et siller ma paupière,
Plutôt que d'accepter un outrage pareil,
Oh ! lève-toi, mon père, et prends-moi sous ta pierre !...

A ARS. H......

Ne vous emportez pas, si, dans ma folle humeur,
Rimeur encor novice, assez mal je grasseye
Votre appellation, monsieur Arsène H......;
Je tiens à vous clouer, ô poëte charmeur,

Un sonnet sur le front : — à défaut de saussaye
Le long d'un jardin clos, où de mon doigt voleur
Je puisse, en vous l'offrant, m'absoudre d'une fleur ;
Ne me raillez pas trop, si pourtant je m'essaye

A tresser quelques vers autour de votre nom... —
Dans les sentiers perdus, moi, sans bruit ni renom,
Je traîne aussi ma paresse ;

Et je relis toujours avec enivrement
Vos livres amoureux, votre plus doux roman,
Margot, une *Pécheresse !*

LA COURTISANE.

C'est donc toi, vierge folle, infime créature !
Qui le long des vitraux où rit le gaz doré,
De soie ou de velours vêtue à l'aventure,
Promène, tous les soirs, ton visage effaré...

Ta gorge ronde et nue, en sa désinvolture,
Ouvre à l'œil qui s'y plonge un Éden assuré,
Offrant à qui les veut les fleurs de ta ceinture
Pour un prix convenu, — de Dieu seul ignoré.

—La nuit surtout ; chacun, oubliant qu'il est homme,
Veut comme un écolier mordre à si belle pomme,
Et pour beaucoup encor c'est le fruit défendu :

Car l'amour aujourd'hui n'est qu'un mensonge oblique,
Un mystère bouffon que la catin explique,
Et le corps fait merveille où le cœur s'est perdu.

PROSOPOPÉES.

I.

Mystérieux liens ! chaste et sublime outrage
A ce monde railleur, indifférent, blasé ;
O de deux cœurs unis cher et divin courage !
Qui toujours combattu n'es jamais épuisé ;

Secrète passion ! — haine du mariage,
De ces honteux calculs, de ce trafic aisé
Qu'on appelle alliance, et qui n'est qu'alliage,
Une affaire, un contrat, l'amour organisé ! —

Ah ! s'il est vrai qu'un jour d'une flamme grossière
Pour quelque fade hymen, quelque pâle héritière,
Je doive aussi brûler et paraître joyeux ?

Conjugale prison, vivante sépulture !
Plutôt que de me voir te servir de pâture
Je veux donner au diable et mon âme et mes yeux.

II.

De la femme qui plaît singulière beauté,
Caprice de l'artiste, aveugle préférence,
Pourquoi ne pas le dire, et de sa volonté
Refouler dans son cœur l'humaine violence ?

Qu'un autre soit épris d'un regard velouté,
Des grâces du visage, ou se plaise en silence
A ne voir de l'amour que l'idéal côté :
Le sentiment caché sous un air de souffrance,

Les pleurs d'une âme en peine, — insipide roman, —
Corps sec et maigre avec une bouche qui ment...
— Pour nous (dût-on nous croire ivre de la matière),

Nous voulons, sans vergogne, une femme de lit,
De robustes appas, et des yeux où se lit
Le plaisir enragé d'une nuit tout entière !.... (9)

A WILHEM TÉNINT.

—

LA LUNE QUI VA AU BAL.

Ce soir, la lune est ronde, et sa tête fantasque,
Comme un domino, passe entre deux peupliers...
— Peste, la folle nuit ! et vous avez, beau masque,
Choisi là, sur ma foi ! d'étranges cavaliers ;

Oui, jusqu'au noir clocher qui, coiffé de son casque,
Semble prêt à vous suivre ; et parmi les halliers,
Le zéphire intrigué qui suspend sa bourrasque
Pour ne pas déranger vos projets singuliers.

Passez donc, ô *Luna !* — le ciel clair et sans voiles
A pour vous allumé le gaz de ses étoiles...—
Et moi, qu'a su charmer votre air leste et fringant,

Voyant vos doigts si blancs rayer la toile verte
De mes rideaux, je dis : « Sur ma fenêtre ouverte,
Ma mie, auriez-vous pas laissé choir votre gant ? »

L'AURORE.

Aurore aux doigts de lys ! matineuse lumière,
Qui sur ton char d'ivoire aux portes d'Orient,
Prenant de chaque jour ta course coutumière,
Promène ton visage amoureux et riant !

Même avant le soleil tu passes la première,
Laissant le riche aveugle en son sommeil brillant,
Et ton plus frais sourire est pour l'humble chaumière
Où le pauvre éveillé te salue en priant.

Pour moi, dont ta clarté gourmande la paresse,
De tes chastes rayons j'aime à voir la caresse
Luire, comme une opale, autour de mon lambris ;

Et quand, levé, — j'entends à ma fenêtre ouverte,
Le babil des oiseaux sur la ramure verte,
De toi, ma belle Aurore, oh ! je suis tout épris !...

FUGUE.

Que faire en son taudis, — je le dis sans vergogne,—
Quand l'ennui dans le cœur, l'esprit lourd comme un bœuf,
Ou traînant l'aile ainsi qu'une vieille cigogne,
On ne trouve plus rien d'amusant ni de neuf.

Je suis las de toujours voir la lune qui cogne
Son nez à ma lucarne ; on dirait un blanc d'œuf
Collé sur du drap bleu,— tableau d'épicier veuf
Ami de la nature et du bois de Boulogne. —

C'est triste : autant vaudrait tout nu se mettre, et puis
Regarder son nombril, ou cracher dans un puits,
Être possesseur né d'un tic dans la mâchoire...

Enfin, je le demande, est-il rien de nouveau?
Et pour six pieds d'humus que nous garde l'histoire,
A quoi bon s'éveiller, quand on dort comme un veau?

A LA MUSE.

Gentille et douce muse, à mes vers indulgente,
C'est toi que mon sonnet aujourd'hui veut louer;
Son allure n'est pas toujours chaste et décente,
On me l'a dit souvent et j'ose l'avouer;

Mais, ô mignonne amie, à tes pieds où je chante,
Si mon luth vibre encor, n'est-ce pas te vouer
Le peu qui reste en moi de candeur innocente,
Car je suis un enfant qui ne sait que jouer?

Mets ta main sur mon cœur, ta lèvre sur ma bouche,
Que ton souffle partout et m'effleure et me touche...
Muse, j'obéirai conduit par ton amour;

Et quand avec la nuit chassant l'ombre mortelle,
Viendra la blanche aurore, oh! je dirai : c'est *elle*,
Elle qui m'a rendu la lumière et le jour!...

L'ÉTÉ.

Voici l'Été brûlant : du haut de son cratère,
Comme un volcan ouvert à la cime des cieux,
Le soleil verse à flots sa lave sur la terre
Où vont nos pieds lassés et nos fronts soucieux.

La moisson qui jaunit rend le champ solitaire;
L'herbe pâle se meurt; les prés silencieux
N'étoilent plus de fleurs leur fourmillant parterre;
L'onde efface et tarit son flot capricieux.

Pourtant, s'il est encor d'accessibles retraites
Au fond des bois épais, où, Virgile à la main,
Puissent venir s'asseoir les studieux poëtes;

C'est là qu'aux feux du jour, me frayant un chemin,
Loin du bruit de la route et des hôtelleries,
Je veux porter mes pas avec mes rêveries....

L'AUTOMNE.

Voici le pâle automne : aux lisières des prés
Déjà du front des bois tombent les feuilles mortes;
Et des chasseurs suivis de leurs chiens effarés
Tonnent de tous côtés les bruyantes cohortes ;

Car l'avoine est coupée, et les blés sont rentrés,
Et, la besogne faite, ô faneuses accortes !
Le moment est venu des beaux soirs désirés
Où l'on parle d'amour en causant sur les portes.

Puis demain la vendange avec les jeunes gars
Qui, penchés près de vous, et le cœur... à l'ouvrage
N'ont pour vous suivre mieux qu'à suivre vos regards ;

— Tombez appas, raisins, que l'on met au pillage,
Tombez, Bacchus l'ordonne, et voici Cupidon,
Belles, qui se rit bien de vos : *finissez donc...!*

A EUGÈNE BATTAILLE.

—

SABINE.

I.

Sabine et Salvator, — une nuit qu'il pleuvait,
Que le vent faisait rage et qu'un proche tonnerre,

A chaque éclair qu'un coup de son canon suivait
Secouait, sous les toits les fenêtres de verre, —

Le cœur triste et serré, chacun des deux avait,
Avant de s'endormir, récité sa prière ;
Mais la peur de la mort, froide comme une pierre,
S'était posée aussi sous leur pâle chevet.

Soudain vint un éclair qui, fracassant la nue,
De son glaive de feu, laissa voir demi-nue,
Sabine, au pied du lit, mourante s'affaisser !...

— Le lendemain, dès l'aube, à l'heure où l'alouette
Jette dans l'air mouillé sa joyeuse ariette,
Sabine, avec le jour revivait... d'un baiser.

II.

Sabine, cher trésor, ma Sabine, ô mon ange !
Veux-tu que je te dise, — aveu plus qu'indiscret, —
Ce qui souvent pour toi rend mon amour étrange,
Ce qui fait mon amour, ce qui surtout me plaît ?..

Ce n'est pas ton œil bleu qu'un lon cil voile et frange,
Ni ton cou, ni les bras aussi blancs que le lait,
Ni ce sein qui, captif et rond comme une orange,
Soupire sous le lin de ton étroit corset ;

Non, ce n'est même pas ta bouche rose et fraîche
Dont le corail aimé, prodigue de baisers,
A ma lèvre est plus doux que la plus douce pêche ;

C'est... — eh bien ! froids railleurs, riez, si vous l'osez, —
Le petit signe noir, qu'en sa logette moite,
Sabine, vous portez sous votre aisselle droite.

LE BONHEUR.

Avoir tous les bonheurs qu'on peut rêver sur terre ;
Être aimé d'une femme ; à son front gracieux
Pour la première fois poser sa lèvre austère,
Et plus tard l'enlacer de ses bras amoureux ;

Être riche de biens, d'honneurs qu'on ne peut taire,
D'or, de santé, d'amour, de plaisirs savoureux,
Et, comme un potentat, dans un heureux mystère,
Jouir de mille objets charmants et précieux ;

S'en aller à cheval par la verte campagne,
Et le soir, au retour, s'enivrer de champagne
Au milieu des lazzis d'un splendide repas ;

Avoir cheval, maîtresse, argent et bonne chère,
Eh bien ! ô mes amis, tout cela ne vaut pas...
Ma pipe noire auprès d'un large pot de bière !

LA NUIT.

Ombre claire des cieux, sereine et pâle nuit,
Qui tends ton noir manteau sur la ville endormie ;
Lune, étoiles d'argent, qui montrez aujourd'hui
L'éclat de vos doux yeux et d'une face amie ;

Pourquoi d'un air joyeux, en mon sombre réduit,
Venir rire à ma vitre ? immobile et blémie
Ainsi qu'elle est mon âme, et l'amour qui me fuit
Rend pour moi de vos feux la lumière ennemie ;

Car je suis seul toujours, seul et désespéré,
Avec mon triste cœur qui, de mal dévoré,
Cruellement soupire, et brûle de sa flamme

Sans trêve ni merci, sans qu'un hasard charmant
Par un coup bienheureux mette à fin mon tourment,
Me rouvre encor le ciel, et me donne une femme!...

A V. H....

H....! maître divin, resplendissant génie,
Qu'à l'égal de Dieu même en mon cœur je chéris,
Par quels nouveaux concerts ta suave harmonie
N'a-t-elle pas chez nous réveillé les esprits?

Et cet art merveilleux, cette grâce infinie
Qui font des diamants de tes moindres écrits,
Où les as-tu trouvés? à quelle autre Ionie
Dérobas-tu le luth dont nous sommes épris?...

Car nul n'a plus que toi d'audace et de science,
Et de ton libre essor la fière impatience
A, comme l'aigle altier, passé tous les sommets;

Aussi, j'aime à te voir à ces hauteurs sereines
Où, nuages impurs, nos clameurs et nos haines
Montent, montent toujours, et n'atteignent jamais.

A UNE ACTRICE.

—

(A. D.)

D......, merveilleuse beauté!
Dont l'éclat à mes yeux retrace
Dans une rare égalité,
Le talent, l'esprit et la grâce;

Las! ce qui le plus m'embarrasse,
C'est de dire avec chasteté

Tout ce qu'en vous ma vue embrasse
De trésors et de volupté !

Car, dans ce délicat mystère,
Les plus grands sages de la terre
En vous voyant deviendraient fous,

Et si vous sortiez dans ce monde,
Comme Vénus sortit de l'onde
Il faudrait tomber à genoux.

A UNE DEMOISELLE
qui m'avait prié de faire rimer son nom dans un sonnet.

Pour rimer avec *Amélie*,
Les plus doux mots, les plus doux sons,
Qu'entre eux l'art à la grâce allie,
Viennent conduire mes crayons.

Quand des beaux yeux de sa Délie
Ovide chantait les rayons,
L'amour avec mélancolie
Applaudissait à ses chansons.

Belle comme elle, mais plus sage,
Vous avez sur votre visage
Gardé le pur éclat des fleurs ;

Et, dans cet idéal des choses,
Votre âme a le parfum des roses
Dont vos lèvres ont les couleurs.

À P.-A. GARNIER.

JOURS D'AUTOMNE.

I.

—Sabine, allons aux champs fouler l'herbe et les traines
Que les bises d'hiver bientôt dessécheront,
Et jouir au grand jour de ces clartés sereines
Que les ombres du soir si vite effaceront ;

A la main un bouquet de marguerites-reines,
Le ciel sur notre tête et son air pur au front,
Laissons chanter encor dans nos cœurs ces syrènes
Qui nous parlent d'amour, et dont j'aime l'affront ;

Car, c'est sans être vus, qu'au contact de ta bouche,
Je veux que notre voix se marie et se touche,
Et par autant de mots compte autant de baisers,

Jusqu'au moment peut-être où perdus, morts d'ivresse,
Dans l'amoureux transport qui nous pousse et nous presse
Nos corps sur le gazon rouleront embrasés....

II.

Oh ! c'est alors, Sabine, — heure mortelle et douce, —
Qu'enlacé de tes bras, un voile sur les yeux,
J'ignore, à te sentir sur ce beau lit de mousse,
Si le bonheur nous vient de la terre ou des cieux ;

Et, pareil à l'oiseau qui picore une gousse,
Quand de mes longs baisers couvrant ton cou soyeux,
J'étouffe contre moi ce sein qui me repousse...
J'ai raison d'une mort qui me rend tout joyeux.

Aimons-nous donc sans crainte, aimons-nous, et toujours
Comme deux passereaux vivons de nos amours ;
Des sentiers du plaisir suivons le plus agreste,

On y prend mieux l'oubli du monde et des douleurs :
Aux rosiers des buissons plus fraîches sont les fleurs,
Cueillons-les, ma Sabine... et Dieu fasse le reste !

III.

Aux feux mourants du jour, le tiède et pâle automne
Déjà sous l'horizon tombe et s'ensevelit,
La nuit vient : plus de chants, rien qu'un bruit monotone,
Un écho sourd, voilé, le silence et l'oubli...

Mais de nos chers amours ce qui reste et m'étonne,
Ce n'est pas, la langueur qui sur ton front se lit,
— Sein ému que je sens, corps qui se pelotonne
Comme un cygne à mon bras, mollement assoupli ;—

Ce n'est pas de ma part, quelque vergogne austère
Qui, forçant près de toi mon esprit à se taire,
Y laisse du dégoût l'injurieux penser :

Non ;—c'est la peur, hélas ! mais une peur étrange
Qu'il me faut avouer tout bas... celle, ô mon ange !
De ne pouvoir demain encor recommencer.

1845.

Salut mil huit cent quarante-cinquième année !
Je t'attendais, bonjour : tu me vois tout frileux
Tapi, comme un grillon, devant ma cheminée,
  La pipe aux dents, la flamme aux yeux.

Donc et sans plus de peine, ainsi te voilà née ;
Matthieu Laensberg triomphe, et sous ses habits bleus

Promène avec orgueil sa face enluminée
    De tes douze mois gracieux.

Mais quelle étrenne aussi m'apportes-tu, mignonne,
A moi, pauvre rimeur, plus triste qu'une nonne
    Qu'au cloître l'amour confina?

Hélas! de mes esprits ta présence se raille,
Et j'ai beau te chercher autour de ma muraille
    Je n'y vois que ton almanach.

A PHILIS INCOMPARABLE.

Dans la forêt voisine, au déclin du soleil,
Pour chasser les tourments d'une amour misérable,
Philis! avant que d'être aux bras du noir sommeil,
Je veux aller graver votre nom sur l'érable;

Dire à tout l'univers votre grâce adorable;
Les traits de ce visage à nul autre pareil,
Et jusque sur les bords du Styx inexorable,
Chanter, à votre gloire, un cantique vermeil!

L'étoile de vos yeux, en miracles féconde,
Aux rubis de l'aurore, aux perles de Golconde
A dérobé l'éclat de ses plus doux rayons...

Las! pour faire aspirer l'odeur de votre haleine,
Et les tièdes parfums dont votre gorge est pleine,
Muets sont les échos, impuissants mes crayons!

A TROIS POÈTES.

Sarrazin, Benserade et Voiture,
Tous les trois prenez place au sonnet

Qu'à défaut de landau , de voiture,
J'ai pour vous sans façon mis au net.

En sentant dans mon cœur l'ouverture
D'un accès de gaité qui renaît,
J'ai voulu suivre à pied l'aventure
Qui vers vous follement m'entraînait.

Vous avez tant d'esprit, tant de grâce,
Et parfois votre muse est si grasse
Que quiconque en serait amoureux ;

Pour ma part, aussi chaud qu'une braise,
J'aime à voir ses appas savoureux,
Et partout comme un Dieu je la baise. (10)

SAINT-AMAND.

La Rome ridicule
De monsieur Saint-Amand,
Est le rare opuscule
D'un poëte charmant,

Qui sans feu ni pécule,
Matin et soir rimant,
Comme un principicule
Vivait joyeusement.

Le tabac, la piquette,
L'amour et la guinguette,
Composaient tous ses goûts ;

Mais ce qui plus le hausse
A mes yeux, c'est la sauce
Dont il fit *Les Ragoûts* *.

* Caprice en vers regardé comme le chef-d'œuvre de St-Amand.

A TRISTAN. (11)

Avant que de céder aux pavots de Morphée,
Sur ce livre, ô mes yeux ! restez encor ouverts,
Où la muse, ou plutôt quelque savante fée
A Tristan apprit l'art d'écrire de beaux vers.

Poëte méconnu ! — dont la lyre étouffée
Sous d'injustes dédains et d'ineptes travers,
Ferait taire aujourd'hui plus d'un criard Orphée,
Et pare encor ton front de lauriers toujours verts,—

Tristan ! toi que Boileau, cet orgueilleux génie,
Tourmenté du besoin de verser l'ironie,
Osa même railler jusqu'en ta pauvreté...

Sois vengé, s'il se peut, par ma novice plume,
Au rang qui t'était dû remonte avec fierté !
— Et maintenant, mes mains, fermez ce cher volume.

A RONSARD.

Sublime et vieux Ronsard, je t'admire, je t'aime,
Et ton livre adoré que je relis toujours,
Ce trésor de mes yeux, étincelant poëme
Où dans l'or le plus fin sont gravés tes *Amours*,

N'est rien moins qu'un chef-d'œuvre, un magnifique thême
Qu'il faudrait mettre aux mains des rimeurs de nos jours,
Écoliers orgueilleux qui ne savent pas même
Dessiner d'un beau vers la forme et les contours.

—Possible qu'aujourd'hui quelque imberbe critique
Trouve en toi la vieillesse et la caducité ;
A défaut de bon sens il a l'humeur caustique,

Et son goût trahit bien l'écrivain de boutique...—
Pour nous qui voyons l'art dans sa naïveté,
Ton génie a, Ronsard ! l'éternelle beauté.

LES AMOURS.

LIVRE TROISIÈME.

RONDEAUX.

INVOCATION.

Pour un rondeau, j'aimerais, ô Nature !
Avec la muse errant à l'aventure,
En mon esprit t'ouïr toujours chanter ;
Et je voudrais dans mes loisirs tenter
Ce que faisaient Benserade et Voiture.

Mais las ! pourquoi, dans cette conjoncture,
Faut-il déjà me mettre à la torture
Et de si peu, muse, m'inquiéter
              Pour un rondeau ?

Foin du génie et de la tablature !
Je n'ai ni dieu, ni dame à maltraiter,
Et je ne veux, poétique culture,
Ni vendre rien, ni me faire acheter ;
Je donnerais laquais, cheval, voiture,
              Pour un rondeau.

CONFESSION.

Pour me distraire un jour, j'avais d'une amourette
Préparé dans mon cœur la parole discrète ;
Mais quand vint à passer la gentille fillette
Que le ciel envoyait à mon ambition,
Au diable, mes amis, la préparation !...

Je restai blème et sec ; on eût dit une arête
Qui, logée en mon cou, rendait ma voix muette ;
Et j'enviais alors une autre occasion
                    Pour me distraire.

Aussi, depuis ce temps, ma tète ne projette
Plus le moindre propos d'amour ni de fleurette ;
Je vis seul et contrit, sans trop d'affliction,
Lisant, fumant, rêvant dans mon humble chambrette,
Et je vous fais à tous cette confession
                    Pour me distraire.

A UNE BERGÈRE MODERNE.

C'est trop d'amour, ô coquette bergère
Qui par les champs courez vive et légère !
De vos attraits le charme m'est connu,
Et contre vous mon esprit prévenu,
De tous vos tours aujourd'hui n'a que faire.

Portez ailleurs cette vertu si fière,
Dont par pudeur je garde le mystère...
Je vous le dis, en terme contenu :
                    C'est trop d'amour.

Et s'il est vrai que la raison sévère
Chez vous souvent demeure au fond du verre...
Par Cupidon, ce dieu qui va tout nu !
Un tel caprice est assez saugrenu,
Et pour forcer un amant à se taire
                    C'est trop d'amour.

A UN BAS-BLEU. (12)

Vous êtes maigre, hélas! et pour nous plaire,
Vous avez beau chanter, sourire et faire
De méchants vers qui ne se lisent pas ;
    Moins de folie et plus d'appas
    Feraient beaucoup mieux notre affaire.

—Je sais fort bien qu'en ce fatal mystère,
La faute en est à monsieur votre père,
    Et j'ai honte à vous dire bas :
                Vous êtes maigre, —

Mais, entre nous, la chose est par trop claire.
L'amour au lit aime la bonne chère,
Il veut sentir de la chair sous les draps,
    Et pour un aussi beau repas,
    Par malheur je ne puis m'en taire :
                Vous êtes maigre !

APPRÉHENSION.

Pour moi, je l'avouerai sans détour ni faiblesse,
J'aime peu cet amour qui vous tient à la laisse,
Qui vous suit en tous lieux et jamais ne vous laisse
Sans, d'une voix jalouse ou d'un œil chagriné,
Vous avoir en partant toujours questionné.

Que pour d'autres cela soit prudence ou tendresse,
Une raison de plaire, un sujet de caresse ;
—J'aspire un horizon plus libre et moins borné
              Pour moi. —

D'un lien trop serré quelquefois le nœud blesse ;
La fleur cache un insecte ; et douceur ou souplesse

Chez la femme amoureuse est souvent de l'adresse.
Mais d'un pareil supplice, à mon sort résigné,
Sais-je si l'avenir est encor éloigné
Pour moi ? (13)

A UNE JEUNE MARIÉE.

Douce Élise, sur votre front
Aussi pâle qu'un liseron,
Je voudrais, dans l'ardente fièvre
Qui va de mon âme à ma lèvre,
Reposer comme un moucheron ;

Et pour courir sus à l'affront
De tous ceux qui vous railleront,
Je serais plus preste qu'un lièvre,
Douce Élise !

Car, au lieu d'un mari poltron
Qui dort lourd comme un potiron
Près de la chatte la plus mièvre...
Pour les plaisirs dont il vous sèvre
Plus d'un matou ferait ron-ron,
Douce Élise !

PROJET.

Tout beau, *Luna !* c'est assez de chansons,
De ris, de jeux, de mignardes façons,
En votre honneur, ô douce et pâle reine !
Je veux, sois dit sans vous faire de peine,
Conter fleurette à d'autres horizons ;

Et quand l'aurore aux candides rayons
Viendra sourire aux murs de nos prisons,
Fraîche, et le front d'une clarté sereine,
Tout beau,

Je veux aller le long des verts buissons,
Ouïr jaser les linots, les pinsons;
Et, l'œil au guet, — si Margot dans la plaine
Vient à passer,—moi, sans plus de raisons,
Lui courir sus et crier hors d'haleine :
Tout beau !

A CLOÉ.

Autre chose est d'aimer et de le dire,
Et de là vient, Cloé, toute mon ire;
Car, entre nous, vos yeux si doux par fois,
A votre insu démentent votre voix,
Et cela seul rend affreux mon martyre.

Un tendre mot, une œillade, un sourire
Plaisent sans doute à l'amant qui soupire,
Mais encor mieux il aimerait, je crois,
Autre chose.

Ne voyez-vous au transport qui m'inspire
Que vos propos ne peuvent me suffire,
Que je languis esclave de vos lois,
Quand je pourrais réclamer certains droits;
Et qu'il me faut,— songez-y bien sans rire, —
Autre chose.

A PHILIS NONPAREILLE.

Si j'étais roi, Philis, vous seriez reine !
De vos yeux seuls la puissance sereine
Éclipserait les plus vives beautés ,
*   Et votre voix, quand vous chantez,*
*   Rendrait jalouse une syrène.*

De ces lambris où l'or éclate et traine ,
Des vains plaisirs auxquels le luxe entraine,
*   Mes esprits seraient peu tentés ,*
*   Si j'étais roi.*

Mais je voudrais, au fond de la Touraine,
Un jeune toit abrité d'un vieux frêne,
Des chants, des fleurs , d'amoureuses clartés,
*   Et les splendides voluptés ,*
*   De vous, Philis, ma souveraine !...*
*   Si j'étais roi.*

A PHILIS.

A tes pieds, ma Philis ! je voudrais
N'avoir d'yeux que pour voir tes attraits ;
Et la muse ardemment poursuivie,
De ma vue étonnée et ravie
Chanterait les trésors indiscrets.

Sous l'ombrage amoureux des forêts,
Comme un cerf avec toi je fuirais,
N'ayant plus désormais qu'une envie
    A tes pieds,

Une seule... Oh ! longtemps, puis après,
Sans souci du passé , des regrets,

Dans l'ivresse où l'amour nous convie,
Je ferais bon marché de ma vie,
Puisqu'alors, ma Philis, je mourrais
    A tes pieds.

A IRIS.

Du soin de vous plaire, Iris, tourmenté,
J'ai, vous le savez, bien souvent tenté
D'un amant discret le doux badinage,
Où, comme au milieu d'un frais jardinage,
J'admirais les fleurs de votre beauté.

Depuis, j'ai changé : mon cœur attristé
D'un doute alarmant s'est inquiété,
Et s'est dégagé, pour tout avantage,
    Du soin de vous plaire.

Entre nous soit dit, je suis irrité
De me voir par vous trop mal écouté ;
Mais si, loin de vous, malgré moi j'enrage,
C'est de peur qu'un autre ait plus de courage,
—Et plus de bonheur,—pour s'être acquitté
    Du soin de vous plaire.

A CLORIS.

A quoi bon m'écrire et jurer, Cloris,
Que brûlants désirs et feux d'amour tendre,
N'ont jamais couvé sous plus chaude cendre
Que celle où de moi votre cœur épris
S'est caché furtif comme une souris ;

Je vous crois sans doute, et je sais comprendre

D'un si bel aveu tout l'or, tout le prix ;
Mais je vous demande aussi fort surpris,
> A quoi bon ?

Oui, sans les baisers que sont les écrits ;
Que me fait à moi de toujours entendre
Le chant d'un plaisir que je ne puis prendre ?
Serments et billets n'ont que mon mépris,
Car, je le répète, — et de ça j'en ris, —
> A quoi bon !

RONDEAU REDOUBLÉ.

—

A ÉMILIE V....

> Vous êtes le soleil adoré de mon âme !
>
> THÉOPHILE.

Sur vous et sur votre beauté,
Vous, mon idole, ma princesse !
V......, moi, je voudrais sans cesse
Tenir mon esprit arrêté ;

Dire à tous d'un style enchanté
Quel est mon plaisir, ma liesse,
Quand mon œil amoureux s'abaisse
Sur vous et sur votre beauté ;

Quand de votre port de déesse
Je vois la jeune majesté
M'irradier de sa clarté,
Vous, mon idole, ma princesse !

Ah ! si pour chasser la paresse
Et l'ennui d'un cœur attristé,

Mon vouloir était écouté,
V......, moi je voudrais sans cesse...

Dans un lieu du monde écarté
Ouïr votre voix charmeresse,
Et vous voir par une tendresse
Tenir mon esprit arrêté.

Envoi.

Zéphyrs, dont le souffle agité
Bien des soirs lutine et caresse
Le plus beau cou que je connaisse...
Las ! que de fois j'ai médité
Sur vous.

MADRIGAL.

Seul, et le cœur noirci d'une injuste douleur,
    Comme un amant, sombre et jaloux voleur,
A l'heure de minuit, éteignant ma chandelle,
    Je me disais : « Cloris m'est infidèle,
            Et je suis volé. »
Mais quand vint du matin la clarté pure et blanche,
    Comme l'oiseau qui déserte sa branche,
Je m'éveillai joyeux, et sautant hors du lit,
    Tout prêt encor à revoir l'*infidèle,*
    Je vis aussi qu'au ciel clair de l'oubli
    Mon noir soupçon à tire d'aile
            S'était envolé.

ÉPIGRAMME.

Gens benins et lettrés, dont la plume classique
Montre assez chaque jour par d'ennuyeux écrits
Ce qu'il faut accorder de croyance ou de prix
    A votre goût académique ;
Ah ! ne raillez pas trop la jeunesse et tous ceux
    Qui de vos vers ne sont pas amoureux ;
Les fleurs dont vous parez votre sublime tête
Ont de tout temps, dit-on, obscurci vos cerveaux,
    Car c'est une couronne faite
    D'immortelles et de pavots.

TRIOLETS. (14)

—

A CLORIS.

Ah ! Cloris, ne me parlez plus,
Je sens déjà que je vous aime !
Tous vos discours sont superflus,
Ah ! Cloris, ne me parlez plus.
Si des yeux les mots sont exclus,
Du cœur n'en va-t-il pas de même ?...
Ah ! Cloris, ne me parlez plus,
Je sens déjà que je vous aime.

A UNE COQUETTE.

Madame, pourquoi refuser
Ce que vos yeux disent de prendre ?
Votre esprit ne peut m'abuser,
Madame, pourquoi refuser ?
Il ne s'agit que d'un baiser,

La chose est facile à comprendre...
Madame pourquoi refuser
Ce que vos yeux disent de prendre.

A UNE ÉTOILE.

Sous l'astre amoureux de Vénus
Que le sort ne m'a-t-il fait naître?
Que de plaisirs j'aurais connus
Sous l'astre amoureux de Vénus.
Pour palper tous ses charmes nus
Je sauterais par ma fenêtre...
Sous l'astre amoureux de Vénus
Que le sort ne m'a-t-il fait naitre.

A UNE CRUELLE.

Madame, sur votre divan
Quel mortel ne voudrait s'étendre?
On ne saurait choir trop avant
Madame, sur votre.... divan.
Las! que n'êtes-vous plus souvent
Comme lui favorable et tendre?...
Madame, sur votre divan
Quel mortel ne voudrait s'étendre.

LE MATIN.

Voici les printannières fleurs,
Aimons-nous, ma jeune maitresse!
Comme elles, reprends tes couleurs;
Voici les printannières fleurs.
Que l'aurore seule ait des pleurs,
Et n'ayons, nous, qu'une caresse!
Voici les printannières fleurs,
Aimons-nous, ma jeune maitresse.

A. IRIS.

Iris, sans me parler d'hymen,
Croyez à toute mon estime.
Ne puis-je vous baiser la main,
Iris, sans me parler d'hymen ?
L'amour est un glissant chemin,
Le mariage est un abîme !
Iris, sans me parler d'hymen,
Croyez à toute mon estime.

A UNE DAME PATRIOTE.

Olympe, au fond de votre... chambre,
Tout le monde a, dit-on accès.
Nulle gêne, nulle odeur d'ambre
Olympe, au fond de votre... chambre.
Là, de famille tout bon membre
Entre, pourvu qu'il soit fr. r..ançais !
Olympe, au fond de votre chambre,
Tout le monde a, dit-on, accès.

DÉPIT AMOUREUX.

Si je n'ai pas perdu l'esprit,
Que j'en perde au moins la mémoire ;
Oui, se pourrait-il qu'on m'apprit
Si je n'ai pas perdu l'esprit,
Du jour où la rage me prit
D'aimer une femme et d'y croire...
Si je n'ai pas perdu l'esprit,
Que j'en perde au moins la mémoire.

DIALOGUES.

—

I.

De la promesse d'un baiser
Ah ! j'ai l'âme toute ravie.
Il est donc vrai, je puis user
De la promesse d'un baiser.
Mais quand il viendra m'embrâser
Serai-je bien encore en vie !
De la promesse d'un baiser
Ah ! j'ai l'âme toute ravie.

— Cher Alcidon, de ce baiser
J'ai, comme vous, l'âme ravie.
Mais craignez un jour d'abuser
Cher Alcidon, de ce baiser ;
Et s'il a pu vous embraser,
Conservez-en toujours l'envie ?...
Cher Alcidon, de ce baiser
J'ai, comme vous, l'âme ravie.

II.

Ah ! Philis, vous ne m'aimez pas !
Et c'est là mon unique crainte.
Pourquoi tant cacher vos appas ?
Ah ! Philis, vous ne m'aimez pas.
Auprès de vous je perds mes pas
Dont un plus heureux prend l'empreinte...
Ah ! Philis, vous ne m'aimez pas,
Et c'est là mon unique crainte.

— Moi ! je ne vous aimerais pas !
Pouvez-vous avoir cette crainte ?
Si je laissais voir mes appas,
Moi, je ne vous aimerais pas.
Ah ! si vous comptiez moins vos pas,
Vous ne verriez pas leur empreinte...
Moi ! je ne vous aimerais pas,
Pouvez-vous avoir cette crainte ?

A PHILIS.

On aime en vous voyant, Philis,
Les roses de votre visage.
Les yeux d'aise et d'amour remplis,
On aime, on vous voyant, Philis !
Mais j'aimerais mieux voir les lys
Cachés dessous votre corsage...
On aime en vous voyant Philis,
Les roses de votre visage.

LE NOM DE ROSE.

Il me semble ouïr une rose,
Rose ! quand j'entends votre voix.
Du parterre que l'aube arrose,
Il me semble ouïr une rose.
Quand près de moi je vous vois, Rose,
C'est une rose que je vois.
Il me semble ouïr une rose,
Rose ! quand j'entends votre voix.

LES YEUX DE PHILIS.

Philis ! l'éclat de vos doux yeux
Ferait, je crois, chanter un merle.

L'étoile seule a dans les cieux,
Philis, l'éclat de vos doux yeux.
Ce sont deux astres précieux
Dont chaque larme est une perle...
Philis! l'éclat de vos doux yeux
Ferait, je crois, chanter un merle.

LA GORGE DE PHILIS.

De votre gorge faite au tour
Quelle main ne serait avide?
Roses et lys sont à l'entour
De votre gorge faite au tour.
Pour baiser ce divin contour,
Que n'ai-je les lèvres d'Ovide!...
De votre gorge faite au tour
Quelle main ne serait avide?

L'OEIL DE MADAME PUTIPHAR.

L'œil de madame Putiphar
Avait, dit-on, trop de luxure.
Il fit de Joseph un cafard,
L'œil de madame Putiphar.
C'est qu'aussi, je le dis sans fard,
Joseph fut bête outre mesure...
L'œil de madame Putiphar
Avait, dit-on, trop de luxure.

A UN GEAI.

Maudit sois-tu, vilain geai!
Ton chant m'agace et m'irrite.
Il me rendrait enragé,
Maudit sois-tu, vilain geai.

Ah ! de tous les maux que j'ai ,
Je te vole ma gastrite !...
Maudit sois-tu, vilain geai,
Ton chant m'agace et m'irrite.

A UNE LISEUSE.

Madame, vous aimez mes vers ,
Moi , j'aimerais mieux autre chose.
De votre part, c'est un travers,
Madame, vous aimez mes vers.
Sur eux vos beaux yeux sont ouverts,
Quand sur moi votre porte est close...
Madame, vous aimez mes vers,
Moi, j'aimerais mieux autre chose.

LE BAISER.

Encore un baiser, Jasmin !
Disait Lise, la soubrette ;
Ma main brûle dans ta main,
Encore un baiser, Jasmin.
Je t'en ouvre le chemin ,
Là, dessous ma gorgerette...
Encore un baiser, Jasmin ,
Disait Lise, la soubrette.

QUATRAIN.

Mea mihi conscientia pluris est ,
quam omnium sermo.

Cicéron, tu l'as dit ; il faut être plus fier
De son estime propre et de sa conscience,
Que de tous les sermons de la vaine science,
Et des propos menteurs tenus sur vous, hier. —

DIZAIN.

Video, melioraque probo, deteriora sequor.

Je vois le beau côté des choses,
Je sais tous les parfums des âmes et des roses ;
    Mais j'aime encor mieux la beauté
D'une bonne action et de l'honnêteté. —
Des deux parts qu'ici-bas dans notre vie on trouve,
Je connais la meilleure, et partant, je l'approuve.
    Hélas ! dans ce double chemin,
Je suis la plus aride et détestable voie,
    Au diable je donne la main,
Et dans l'étang du mal je me roule et me noie.

HUITAIN.

Ayant comme une autruche, un jour, le nez en l'air,
Je vis ceci, lecteur : un homme fait en arbre,
    Dont tout le corps était de marbre,
    Et les habits de chair ! —
Ainsi qu'on voit au bois d'élégants chèvrefeuilles
Serrer de leurs beaux bras quelque stupide tronc ;
    Le corps était aussi lourd, aussi rond,
    Et ses légers habits, — les feuilles.

NEUVAIN.

Beata solitudo, sola beatitudo.

O ma béate solitude !
Toits de chaume, ombreuses forêts,
Combien j'aime votre habitude,
Vos abris calmes et si frais. —
Pour mon cœur plein d'inquiétude,
Le bon Dieu vous fit tout exprès ;

Et les doux loisirs d'une étude
Que charment vos riants attraits,
Font ma seule béatitude.

SUR UNE PELOUSE.

Sur cette fraîche pelouse,
Dont les sinueux contours
Rendent mon humeur jalouse
De ses odorants atours,
— Puisqu'ainsi que vous, Philis,
Ils sont de fleurs embellis, —
J'aime à rêver à mon aise,
A m'étendre tout du long,
Et quand le soleil la baise
De son plus ardent rayon,
Je soupire et vois des choses
Qu'hélas! je ne ressens pas...
Elle a comme vous des roses,
Que n'a-t-elle vos appas?

BILLET GALANT.

Bohême parisienne.

Je meurs d'amour pour vos beaux yeux
Et pour votre gorge admirable!
Trésors charmants et précieux
Qui vous rendent toute adorable.

Quand de vos beaux fruits printanniers
Je regarde les formes blondes,
Je vois ailleurs deux pommes rondes
Qui ne sont pas dans vos paniers;

Pommes qui ne sont pas à vendre,
Quoique bien près de mon chemin,
Mais que pourtant j'oserais prendre
Et de ma lèvre et de ma main,

Si vous vouliez, belle fruitière,
Sensible aux feux de mon amour,
Me montrer une nuit entière
Ce que vous cachez tout le jour.

ENVOI

à une demoiselle d'un chapeau et d'une ceinture.

Enfin, douterez-vous encor, mademoiselle,
De mon amour et de mon zèle;
Voici pour vous servir, et parer vos atours,
Un charmant chapeau de velours
Avec la ceinture pareille... —
Mais quand donc pour serrer le nœud de nos amours,
Las! me rendrez-vous la pareille.

—

Les yeux, la bouche et le sein
Sont la ruche où va l'essaim
De tout amoureux larcin :

Des yeux l'humide flottille
Livre aux baisers que l'on pille
Une bouche qui scintille;

Puis le sein mis à nu sort,
Qui, sous la main qui le tord,
Mène l'amour à bon port.

FADAISE.

Quand je vois l'éclat nompareil
De votre visage vermeil ,
Madame, je pense au soleil ;
Mais quand ailleurs je vois la ganse
Qui serre votre taille et danse ,
C'est à la lune que je pense.

ÉPILOGUE.

A vous, ce livre , ô belles Dames !
Belles aux orgueilleux appas,
Pucelles, filles ou bien femmes ,
Près de qui j'ai perdu mes pas;
Peut-être aurez-vous à le lire
Plus d'égards et d'attention ,
Que pour mon amoureux délire
Vous n'avez eu de passion. —
Si Dieu voulait qu'en ce volume
Où j'ai pris des airs de vainqueur,
Pour vous le bec noir de ma plume
N'eût pas trop enlaidi mon cœur,
Je vous dirai, beautés si fières ,
Ayez alors moins de hauteur,
Et daignez ouvrir vos paupières
Sur un poëte, l'humble auteur,
Qui met à vos pieds ses prières ,
Et se dit votre serviteur

H. Floran.

NOTES.

(1) Rôle créé par cette charmante actrice dans une pièce représentée à l'Odéon et intitulée : *André Chénier*.

(2) Autre rôle également créé par cette actrice dans une leste comédie de M. Alex. de Longpré, intitulée *la Famille Cauchois*.

N'oublions pas de mentionner surtout le rôle de l'esclave *Hippolyte*, dans un des chefs-d'œuvre dramatiques de l'école moderne, *la Ciguë*, de M. Em. Augier, et où cette adorable actrice s'est montrée désespérante (pour ses rivales) de beauté et de talent. Ceci explique le sonnet qui lui est adressé plus bas.

(3) Plusieurs poëtes, au dix-septième siècle, s'étaient emparés de ce titre pour y chanter, sous forme d'ode, les beautés pittoresques et fantastiques de la nature : ainsi, Théophile, Saint-Amant, Tristan, — ce dernier poëte le plus admirable des trois, selon nous, puisque son style a le moins vieilli; aussi peut-on le regarder comme le Hugo de son siècle, et c'est en lisant ses trois volumes de poésies : les *Amours*, la *Lyre* et les *Vers héroïques*, que l'on sent combien il est près de nous. Voici un sonnet pris au recueil intitulé les *Amours* :

LE DÉPIT CORRIGÉ.

C'est trop longtemps combattre un orgueil invincible
Qui brave ma constance et ma fidélité ;
Ne nous obstinons plus dans la témérité
De vouloir aborder ce roc inaccessible.

Tournons ailleurs la voile, et, s'il nous est possible,
Oublions tout à fait cette ingrate beauté,
Ne pouvant concevoir qu'avecque lâcheté
Tant de ressentiments pour une âme insensible.

Mais que dis-tu, mon cœur ! aurais-tu consenti
Au perfide dessein de changer de parti ,
Servant comme tu fais un objet adorable ?

Non, non ; celle que j'aime est d'un trop digne prix ,
Et tout autre sujet n'est pas même capable
De faire des faveurs qui vaillent ses mépris.

Ailleurs, dans le volume qui a pour titre *la Lyre*,
on trouve une ode *à la Mer* qui nous a toujours paru un
chef-d'œuvre ; elle est du meilleur style , et la poésie y
éclate comme l'aloès à toutes les strophes ; en voici une :

Quand le soleil ne vient encor
Que de commencer sa carrière
Dans des cercles d'argent et d'or,
D'azur, de pourpre et de lumière ;
Quand l'aurore en sortant du lit ,
Elle que la honte embellit ,
Rend la couleur à toutes choses,
Et montre d'un doigt endormi
Sur un chemin semé de roses
La clarté qui sort à demi...

Ce qui nous laisse entrevoir un tableau comme le
peindrait Diaz.

(4) L'opinion émise par cette prosopopée n'est pas
neuve, mais elle le devient presque, tant elle choque gé-
néralement les idées reçues et préférées du monde. Un
poëte moderne l'a déjà exprimée avant nous, et admira-
blement définie dans des vers bien supérieurs aux nôtres, et que nous nous faisons un plaisir de mettre sous
les yeux du lecteur :

.... Aussi, lorsque j'ai soif de rage et de caresse,
En un mot, que je veux choisir une maîtresse,
Telle que le dieu grec les élève à son jeu ,
Une femme de lit, — je m'inquiète peu
Des petits pieds de reine et des yeux en amandes ;
Ce qu'il me faut à moi, ce sont les chairs flamandes
Que dessinait Rubens de son hardi pinceau. —
Quant à ces dona Sol aux tailles d'arbrisseau,
Dont les cheveux pleureurs vont en rameaux de saules,
C'est trop triste pour moi. Mais de larges épaules ,
Des jambes d'amazone, et des bras sans défaut,
Et des muscles de fer, voilà ce qu'il me faut !
Tant pis. Mais, à mon sens, la Vénus Callipyge,
Comme poëme épique, est un rare prodige.

Des bandeaux moyen-âge avec des yeux cernés,
Font de sombres profils d'archanges consternés ;
Mais cette lèvre rouge, et ce sein qui frissonne,
Ce port majestueux que la stature donne,
Ces hanches aux plis durs, ces robustes appas,
Qui vous les donnera, si vous n'en avez pas ?

— Il faut avoir jauni dans un cachot bien sombre
Où de pâles serpents se caressent à l'ombre
Pour bien savourer l'air et la beauté des cieux.
On se blase sur tout, sur l'azur des yeux bleus,
Sur le scribe fécond, sur le pâté d'anguille,
Et sur la canzona d'une rieuse fille ;
Et toutes les beautés auxquelles nous croyons
Tombent au souffle impur des désillusions.
Le grand héros devient voleur. L'économiste
Nous paraît à la fin un horrible banquiste,
Le philantrope un sot, l'avocat un pantin,
L'artiste un bateleur, la vierge une catin,
L'astronome savant un fou dans les étoiles,
Le coloriste habile un barbouilleur de toiles ;
Les souvenirs aimés deviennent des fardeaux,
Et les pauvres honteux achètent des landaus.
L'espérance se fait un chagrin près d'éclore,
L'amour un impudent marché, le météore
Un lampion fumeux accroupi sur un if...
— Des seins fermes et lourds, au moins c'est positif.

Le vieux poëte Maynard, un contemporain du dix-
septième siècle, se préoccupait aussi beaucoup, à ce
qu'il paraît, de certaines formes relatives à la beauté
des femmes, et nous sommes bien aise de savoir que
dame Catherine n'était pas de son goût :

> Catherine ne me plaît point :
> Elle est seiche comme canelle ;
> On ne saurait trouver sur elle
> Pour quatre deniers d'embonpoint.
>
> La chetive n'a de sa vie
> Pu voir qu'avec que de l'envie
> La graisse des harengs-sorets ;
>
> Les amants de ce corps étique
> Disent qu'à son genouil qui pique
> Il faut un bout, comme aux fleurets.

Hélas ! que de *Dona Sol* et de *Catherine* parmi nous,

sur le pavé et aux promenades de notre splendide capitale; étonnez-vous donc, après cela, qu'il y ait tant de maris *inconstants* et *volages?* (vieux style), car c'est principalement au point de vue du légitime mariage que nous envisageons ici les choses et que nous pleurons sur la destinée

Nous pensons, — nous, que la beauté du corps et celle de l'esprit sont deux choses rigoureusement nécessaires pour l'édification d'un bon et durable ménage; ce que l'on est convenu d'appeler caractère ou sympatie, n'existe à nos yeux qu'autant qu'il y a satisfaction complète et réciproque pour les plaisirs du corps comme pour ceux de l'intelligence; car l'idéal est éphémère, insuffisant, mensonger même, et la vie réelle demande encore plus impérieusement la nourriture du corps que celle de l'esprit.

En littérature, le style n'est rien sans la forme; l'écrivain aura beau produire une belle idée, s'il ne l'exprime d'une manière neuve et saisissante, l'idée est nulle, l'écrivain plat, commun; point de style sans la forme!

Il en est de même de la beauté chez les femmes : une femme aura beau avoir de l'esprit, chanter comme un oiseau, babiller sur tout et à propos de tout; si les formes d'un beau corps font défaut à celles de son esprit, sa beauté est nulle, insignifiante; et point de beau corps sans de belles formes!

Malheureusement pour nous, les femmes qui connaissent très-bien ce côté faible de leur personne, cherchent et parviennent souvent, — je ne dirai pas à le remplacer, — mais à le dissimuler sous l'éclat étourdissant de la toilette; puis ajoutez à cela un peu de fortune et des talents... combien de gens vous trouverez qui, à ces conditions, fermeront les yeux et se croiront véritablement heureux, jusqu'à ce que dame nature vienne, à son tour, tourmenter leur fidélité maritale et déranger fatalement leurs calculs.

Vous avez beau, messieurs, faire fi toujours d'une chose dont vous rougiriez vis-à-vis d'un tiers, écarter, comme avec la main, ce voile importun de la matière qui vous poursuit et vous obsède (quand, ô honte! vous ne rougissez pas en vous-mêmes de n'envisager que le côté vil et métallique du mariage); il vient un jour, une heure, où la nature reprend ses droits, où la vérité éclate, casse son miroir et redemande à grands cris les formes amoureuses d'une beauté absente... — et cela, vrai dieu ! en dépit de tous les rêveurs étiques qui rafinent sur le sentiment, sur l'idéal, sur l'âme..., en un mot, sur les nuages. Oui (dussions-nous faire rire le monde entier), c'est pour avoir préféré à l'amour l'argent et je ne sais quelles convenances banales de sympathie ou d'éducation, que l'on voit, de nos jours, tant de gens mal mariés et mécontents ; tant de malheureux qui souffrent stoïquement dans le silence et prennent leur mal en patience.

— Ah ! bourgeois myopes et gras, vous vous êtes cru du bonheur à perpétuité pour avoir épousé une femme maigre qui vous apportait une grosse dot et un piano !... Eh ! sots que vous êtes, il fallait épouser une femme forte et robuste comme vous, et ne pas tant rechercher les écus, encore moins *de* piano, puisque vous aviez le choix ; car tout est là, et vous saurez que l'éducation ne fait pas plus le bonheur que l'argent.

Il ne nous reste plus maintenant qu'à nous incliner respectueusement devant toutes les *beautés maigres* auxquelles cette note pourra porter ombrage, donner de l'humeur ou de la colère, et comme il y en a parmi elles d'aimables et de spirituelles, c'est à celles-là que nous nous adressons de préférence pour faire amende honorable d'une digression qui n'attaque en rien leur esprit, voire même leur beauté, si elles y tiennent.

C'est une affaire toute de goût et de réflexion, pour laquelle nous revendiquerions, s'il le fallait, comme en justice, les droits de discussion et de libre examen. La physiologie conjugale est une science qui relève de la médecine par l'hygiène et les diagnostics, et M. Balzac, notre maître à tous, l'a prouvé sans réplique : c'est tant pis ou tant mieux.

(5) Quant à la chanson de l'*Ami Pierrot*, je n'en ai jamais su que les deux couplets que tout le monde connaît, mais qui m'ont paru si défectueux que j'ai cru devoir les changer, même en les reproduisant. Je demande grâce pour une telle profanation !...

(6) La lecture des œuvres de Shakspeare trahit une allure aristocratique sur laquelle on a toujours bénévolement passé. J'étais bien aise de la constater ici, et comme elle n'ôte rien à son génie, j'ai cru pouvoir l'apostropher ainsi que devant..., libre à chacun d'en penser ce qu'il voudra.

(7) Ce chant est l'hymne admirable, en poésie non ri-
mée, que V. Hugo a introduit dans sa *Notre-Dame de
Paris*. C'est *Quasimodo* qui chante cela à cette adorable *Esmeralda*, la plus belle création poétique de notre
époque. Nous avons voulu seulement mettre la rime et
la mesure à une poésie aussi neuve qu'originale, et
quand nous n'aurions eu que la gloire d'avoir répondu
à un défi, cela nous suffit; car notre *ami* pense que V.
Hugo avait arrangé ses lignes de manière à ce qu'au-
cun versificateur ne fût tenté de s'en emparer. Nous l'a-
vons fait pourtant, et, malgré tout, la prose d'Hugo
n'en reste pas moins supérieure de 34 kilomètres à nos
vers. C'est que le génie est toujours inimitable.

(8) M. Adolphe Saint-Charles est un jeune poëte que
nous garde la province, et qui saura bien un jour, nous
l'espérons, sortir des limbes de son département pour
venir prendre son rang de poëte au milieu de nous.

Le sonnet dont nous lui offrons la dédicace est un re-
merciement à celui qu'il a bien voulu nous adresser de
Versailles, et que nous transcrivons ici :

Versailles, 27 décembre 1844.

Tu m'as dit : « Paris seul pour qui tient une plume,
« Pour qui pense ou médite, est un port de salut;
« C'est un creuset ardent où l'esprit bout et fume.
« L'esprit, c'est le moyen; mais Paris est le but. »

Ami, ce n'est pas là que ma verve s'allume,
Le grand bruit qu'on y fait effrayerait le luth
Du rêveur indolent qui, sur sa lourde enclume,
Forge, quand il lui plaît, un vers rebelle et brut.

Le poëte est l'oiseau qui fredonne dans l'arbre ;
Ses chants sont pour le chaume et le palais de marbre;
Mais il n'y peut entrer, sans y trouver la mort.

C'est à l'ombre des bois qu'il s'inspire et qu'il vibre ;
C'est là qu'il met son nid; là, sans contrainte, libre,
S'il fait soleil, il chante, et s'il pleut, il s'endort.

(9) De nos jours, lorsque tant de gens s'évertuent à
mettre la morale en vente, c'est-à-dire dans leurs livres
et dans les journaux, tandis qu'ils feraient beaucoup
mieux de la garder pour eux, c'est-à-dire pour la con-
duite sévère de leurs actions dans le monde, je ne vois

pas ce qui nous empêcherait de faire précisément tout le contraire de ce qu'ils font, et d'agrandir une discussion déjà soulevée dans ces notes.

Car nous tenons à être pris pour ce que nous sommes véritablement. Nous pensons que, si l'on doit prêcher la morale au peuple, c'est seulement par l'exemple, et non par les livres ou les paroles. Ce qui fait que la société est toujours aussi immorale au fond, et plus hypocrite, plus méprisable encore quant à la forme, c'est que, depuis des siècles, la littérature, qui devrait être un sacerdoce en action, ne l'a été qu'en paroles, et que l'on a toujours su que les lettrés les plus *moralistes* dans leurs ouvrages, avaient dans la vie privée les mœurs les plus dissolues, n'apportaient dans leurs relations intimes que la folie et la licence. Ainsi tel *génie* que vous croyez tout confit dans l'austérité et la profonde sagesse de ses écrits, n'est rien moins qu'un sage et un philosophe ; c'est un homme qui doute et qui n'a aucune croyance au fond de l'âme, quand encore il ne se produit pas au dehors, comme un charlatan, avec toute l'effronterie du vice et de la moquerie ; — tel père de famille que vous croyez être le dieu de son foyer, la joie et l'orgueil de sa femme et de ses enfants, n'est rien moins qu'une idole ; c'est un malheureux que l'ambition tourmente et qui ne rougit pas d'avoir une maîtresse cachée...

Mais nous n'en finirions pas, s'il fallait montrer à nu et fouetter toutes les turpitudes sociales de notre époque. D'autres l'ont fait avant nous, d'autres le feront encore après, mais ils ne le feront toujours que par la propagation de la parole ou des écrits, et malheureusement, nous le répétons, c'est la propagation de l'exemple et de l'action qu'il faut ; car la théorie est stérile, et la vertu ne s'apprend pas ; seulement elle est contagieuse par l'exemple. Aussi craindrions-nous fort peu, à présent, d'être pris pour ce que nous ne sommes pas, et nous allons continuer ici la démonstration familière de nos idées sur la forme.

La forme est à la poésie ce que l'idéal est à l'âme, ce que le cœur est à l'esprit ; car l'homme qui aime la forme, le poëte qui s'inspire au contact ou au rêve des formes austères, n'est point un matérialiste, mais seulement un artiste ; oui, disons-le haut, la *forme* n'est point la *matière !* on peut aimer, adorer l'une, — qui est l'amour vivant et primitif, la nature dans sa réalité la plus noble, la plus séduisante, et repousser l'autre avec horreur, — qui n'est qu'une prostitution, une décadence du goût, une dépravation des sens; seulement, comme c'est la forme, cet amour effréné du beau plastique et réel, qui a engendré la matière, qui a donné naissance au vice, à la corruption des mœurs, à la violence brutale des passions, on a confondu l'un avec l'autre, et tous les deux se sont trouvés mis à l'index par la société, anathématisés par elle. Mais, encore un coup, le culte de la forme n'est point le culte de la matière, et il y a entre ces deux dévotions toute la distance qui sépare la poésie de Victor Hugo d'avec la prose de M. Paul de Kock. Puis, que l'un, si l'on veut, soit la cause, et l'autre l'effet, cela n'ôte rien, au fond, à l'absolue consécration du principe. — Dieu crée l'homme à son image, c'est-à-dire pour le beau et pour le bien; puis la société le reçoit dans son sein et le façonne, elle aussi, à son image, c'est-à-dire pour le laid et pour le mal. — Voilà tout.

Ainsi de nos jours, l'artiste inspiré, ce sublime ouvrier qui recherche le beau aux sources les plus vives et les plus pures, qui le prend partout où il le trouve et le traduit comme il peut, sans s'inquiéter des préjugés de la foule, de ses susceptibilités puériles ou ridicules; cet artiste, dis-je, n'est qu'un abject matérialiste, un amant déshonnète et redoutable auquel la société ferme sa porte.... elle, la grande prostituée !

Je sais tout ce qu'a d'attrayant la grâce azurée du regard, le son d'une voix douce, mélodieuse, l'esprit d'un langage ironique et enjoué; mais, sachez-le bien, l'œil bleu fascine et trompe, la bouche rose peut mentir, et le visage n'est plus alors que le masque de l'esprit, le tréteau d'une parade infâme et criminelle !.... Mais ce qui ne trompe pas, ce qui ne ment pas, — comprenez-moi bien, — c'est le corps, c'est la grâce muette et puissante des formes; ce sont ces mouvements adorables d'un bras levé, ces contours arrondis que dessine et trahit, malgré l'inquiète *jalousie* de la pudeur, la soie amoureuse d'une robe, les plis serrés d'un châle qui descend jusqu'aux talons et recouvre tous ces trésors, comme ferait un manteau de roi. Voilà, belles dames! ce qui est beau, ce qui est admirable, ce qui fait que l'on se prosterne et que l'on tombe avec défaillance sur les genoux... — quand Dieu, à la vérité, a bien voulu vous accorder et répandre sur vous toutes ces grâces... que je vous souhaite.

Un jeune et charmant poëte, mort hélas! à la fleur
de son âge, Gustave de la Noue, a exprimé dans le poëme
d'*Énosh* des idées exactement conformes aux nôtres,
sinon qu'il les a revêtues de tout l'éclat d'un style religieux et poétique :

O belle œuvre divine, Être, matière pure,
Gracieux vêtement jeté sur la nature,
Fille des anciens temps, noble réalité
Que l'idée enfanta dans sa virginité,
Vierge que Dieu voila d'un rayon de lumière,
O forme! qu'as-tu fait de ta beauté première ?
Sanctuaire de l'art, temple mystérieux,
Qui voyait l'union de la terre et des cieux;
Quelle main sacrilége a soulevé tes voiles
Magnifiques tableaux dont Dieu peignit les toiles,
Quel souffle a pu ternir vos brillantes couleurs ?...

. . . .

Poëtes et chanteurs, famille des élus,
Pour veiller sur le monde, archanges descendus,
Artistes, hommes forts, à la figure austère,
Noble race de dieux, revélée à la terre,
Pleurez, car ce n'est plus que désolation
Ecrite à tout feuillet de la création...
Pleurez, car vos beaux yeux n'ont plus que du scandale
A recueillir partout où la forme s'étale...
Pleurez, car de nos jours la matière en tout lieu
Se soulève à l'envi contre l'esprit de Dieu.

La matière... oui, c'est là la cause de nos larmes,
Depuis que, tout venant lui marchandant ses charmes,
Elle s'en va rôdant par les chemins obscurs,
Prostituant sa face aux yeux les plus impurs,
Et trainant sans pudeur sa robe dans la fange,
Elle, pour qui d'amour s'était épris un ange !
Quoi qu'on dise, elle seule est le dieu de ce temps,
Le temple où tout mortel apporte son encens,
La maîtresse dont l'homme aime à se faire esclave,
Trouvant son joug léger et douce son entrave ;
Quoi qu'on dise, voilà ce qui reste debout
Quand le monde moral va s'écroulant partout.

Postscriptum. Au moment de clore cette note, nous
trouvons dans les colonnes écrites de l'*Artiste*,— jour-
nal très-habilement relevé par les soins et le talent de
son jeune rédacteur en chef, M. Arsène Houssaye; —
nous trouvons, dis-je, la formule d'un programme lit-

téraire que nous avions deviné et auquel nous battons
du cœur et des mains. Il est dû à la plume élégante et
spirituelle de M. Marc Fournier ; nous en extrayons ce
qui suit :

« Le beau, c'est la beauté. Le beau signifie *formosus*,
« et *formosus* vient d'un mot qui signifie la *forme*. La
« forme ! voilà tout le *Credo* de l'école nouvelle, et
« honni soit qui mal y pense ! *Adoncques*, laissez-nous
« dénouer la ceinture de Cypris. Je te salue, Vénus,
« pleine de grâce !

« L'école que j'annonce a des germes de force, car
« rien n'est fort que la liberté, et des germes de durée,
« car elle a pour maître la forme et la nature. Or, la
« nature est éternelle comme la beauté.

« Les disciples du dogme nouveau, les poëtes de cette
« confrérie bien-aimée, essaim qui va de la vallée à la
« montagne, amoureux de liberté, n'acceptent d'autres
« lois que celles de la forme parfaite et du contour
« exquis.

« Chez eux, la femme est chrétienne, même un peu
« mystique jusqu'à la ceinture, mais païenne de là jus-
« qu'au talon. Presque toujours on dirait une sainte
« entée sur les hanches savoureuses d'une statue de
« Phidias. On voit qu'en admettant de l'art chrétien ce
« qu'il a de radieux et d'infini, c'est-à-dire, le front
« et le regard, ils ont repoussé ce que cet art offre d'a-
« vare et de macéré, c'est-à-dire, tout le reste. Tel
« est le culte du beau, comme l'entend la jeune école. »

Ceci est de l'excellente prose ; mettons, en regard,
d'excellents vers sur le même sujet, et nous n'aurons
rien à nous reprocher ; c'est le croquis d'une Vénus
moderne,

> ..... Or cette femme avait une fort belle gorge,
> Des doigts très-bien gantés, un mantelet crispin,
> Des regards comme on croit que l'amour grec en forge ;
> De ces regards ondés où le désir se peint,
> Et de plus le profil à damner un rapin,
> Comme l'avait jadis mademoiselle George.

> Son front, païen dans l'âme, était petit mais droit ;
> Son nez beaucoup plus grec qu'on ne se l'imagine ;
> Ses cheveux étaient longs comme un manteau de roi ;
> Ses pieds savaient conter toute son origine ;
> Enfin cette autre Isis des bas-reliefs d'Égine
> Avait la lèvre rouge à donner de l'effroi.

Th. de Banville.

(10) Ceci est une manière de dire à des poëtes qu'on leur baise la main, — et nous avons peut-être bien fait de nous mettre à pied dans cette circonstance, car il est à craindre que ce vieux Pégase n'eût pas voulu marcher avec des vers de neuf pieds, coupés par hémistiches de trois, ce qui, selon nous pourtant, est un rhythme plein de grâce et d'entrain.

(11) Tristan-l'Hermite est l'auteur de *Marianne*, une tragédie qui eut un immense succès dans son temps, et qui est bien supérieure à celle de Voltaire. Le volume auquel fait allusion notre sonnet est celui qui est intitulé : *les Amours*, — charmant livre plein de fantaisie et de beau style. Le sonnet ci-après pourra en donner une idée au lecteur :

LES CHEVEUX BLONDS.

Fin or de qui l'éclat est sans comparaison,
Clairs rayons d'un soleil, douce et subtile trame
Dont la molle étendue a des ondes de flamme
Où l'amour mille fois a noyé ma raison.

Beau poil, votre franchise est une trahison ;
Faut-il qu'en vous montrant vous me cachiez ma **Dame**,
N'etait-ce pas assez de captiver mon âme,
Sans retenir ainsi ce beau corps en prison !

Mais, ô doux flots dorés, votre orgueil se rabaisse,
Sous la sévérité d'une main qui vous presse,
Vous allez comme moi perdre la liberté;

Et j'ai le bien de voir, une fois dans ma vie,
Qu'en liant le beau poil qui me tient arrêté,
On ôte la franchise à qui me l'a ravie.

Tristan, par un trait d'originalité bien digne de son talent, s'était fait à lui-même cette épitaphe qui, nous l'avouons, nous a toujours profondément attendri :

Ébloui de l'éclat de la splendeur mondaine,
Je me flattai toujours d'une espérance vaine,
Faisant le chien couchant auprès d'un grand seigneur ;
Je me vis toujours pauvre, et tâchai de paraître ;
Je vécus dans la peine, attendant le bonheur,
Et mourus sur un coffre en attendant mon maître.

(12) Cette fois, nous l'emportons sur toute la ligne ;
le poëte Maynard, déjà cité, vient encore à notre aide,
et voici la gaillarde épigramme qu'il fit contre un *bas-
bleu* de son temps :

> Je confesse que Catherine
> Est sçavante et n'ignore rien ;
> Mais un goût fait comme le mien
> Aime mieux beauté que doctrine.

> Je ne me saurois embrâser
> D'une femme qui veut gloser
> Sur le texte de l'Évangile ;

> J'aime l'innocent embonpoint
> D'une idiote ; et n'entends point
> De baiser Platon ni Virgile.

Décidément le vieux Maynard était un poëte comme
nous l'entendons, — nous ; et mademoiselle Lise donc !

> Durant le jour Lise n'a point
> Faute d'appas ni d'embonpoint ;
> Mais la nuit elle est un squelette :
> Le visage qui l'embellit
> Demeure dessous sa toilette,
> Et n'entre jamais dans son lit.

Éternelle et invariable histoire de la femme maigre !

(13) Car l'homme est ainsi fait : il a beau critiquer,
définir l'absurde, menacer même l'avenir, il arrive un
jour, une heure où, malgré lui et en dépit de toutes
les précautions, il tombe à terre, se casse une jambe ou
un bras, c'est-à-dire, où il ressemble au commun des
martyrs..., et dire que l'esprit, le talent même, n'y peuvent rien ; cela me paraît fort triste et point du tout
consolant.

(14) Voici un triolet que M. Wilhem-Ténint a bien
voulu nous communiquer et qui nous donne les meil-
leures idées du goût et du style de ce jeune poëte :

> Pour votre sourire moqueur,
> Et pour votre bouche si fière,
> Je vous hais ! car point de vainqueur
> Pour votre sourire moqueur.

Pourtant, voyez comme est mon cœur,
Je donnerais ma vie entière
Pour votre sourire moqueur
Et pour votre bouche si fière.

M. Ténint a mis en pratique, dans ce triolet, ce qu'il nous avait déjà dit, à savoir, qu'il faut répéter pour les quatre derniers vers le jeu des quatre premiers.—Pourtant, nous ne pensons pas comme lui sur ce point ; car de tous les triolets que nous avons passés en revue chez les poëtes du dix-septième siècle, nous n'en avons pas trouvé un seul qui vînt appuyer sa théorie.

Le triolet des *Frondeurs* de Scarron et les chansons en triolets de Boisrobert, de Perrin, de Linière, ont un point de repos après le sixième vers, et la reprise des deux premiers vers ne s'y trouve que pour la forme. Voilà toute notre autorité.

—

Puisque le sort a voulu que trois blanches pages nous fussent encore offertes pour terminer ce volume, nous sommes trop fiers de l'occasion pour ne pas la prendre au poil, et nous allons ajouter à ces notes, par forme de remplissage, quelques citations qui paracheveront notre œuvre. — O Mercure ! dieu des voleurs, conduis mon crayon dans cette poétique maraude...

Nous irons donc, de notre pied léger, piller quelques fleurs autour de tombes aimées, dans ce champ de repos où dorment couchés côte à côte, — et où nous espérons bien ne pas les réveiller, — tous ces admirables poëtes du dix-septième siècle. Cueillons d'abord cette charmante strophe d'un poëme de Malherbe :

L'aurore d'une main, en sortant de ses portes,
Tient un vase de fleurs languissantes et mortes ;
Elle verse de l'autre une cruche de pleurs,
Et d'un voile tissu de vapeurs et d'orage
Couvrant ses cheveux d'or, découvre en son visage
Tout ce qu'une âme sent de cruelles douleurs.

(Les Larmes de saint Pierre.)

MADRIGAL.

En vain tu veux me secouir
Raison ! je ne veux pas guérir ;
De ses maux mon cœur est complice.
Cessez de tourmenter mes esprits abattus',
Faux honneur, faux devoir ! si l'amour est un vice,
C'est un vice plus beau que toutes les vertus.

Ce madrigal entre, à point nommé, dans le plan de notre livre, et quand je dirai qu'il est signé par une femme, on y reconnaîtra le cœur et la plume de Catherine Desjardins.

Puis voici l'immortel auteur de l'*Astrée*, messire Honoré d'Urfé, qui nous offre ce sonnet olympien, tout à fait dans la belle manière :

L'AMANT AU DÉSERT.

Ces vieux rochers tous nus, glissant en précipice,
Ces chutes de torrents froissés de mille sauts,
Ces sommets plus neigeux, et ces monts les plus hauts
Ne sont que les portraits de mon cruel supplice.

Si ces rochers sont vieux, il faut que je vieillisse,
Lié par la constance au milieu de mes maux ;
S'ils sont nus et sans fruit, sans fruit sont mes travaux,
Sans qu'en eux nul espoir je retienne ou nourrisse.

Et ces torrents rompus, sont-ce pas mes desseins ?
Ces neiges vos froideurs, ces grands monts vos dédains !
Bref, ces déserts, en tout, à mon être répondent.

Sinon que vos rigueurs plus malheureux me font :
Car d'en haut bien souvent quelques neiges se fondent,
Mais las ! de vos froideurs pas une ne se fond.

Enfin puisque, nous aussi, n'avons pas craint de dérober à *Philis* quelques baisers assez compromettants, faisons voir comme les maîtres s'en acquittaient autrefois ; la chose en vaut la peine, et les deux sonnets ci-après, te le prouveront, j'espère, ami lecteur :

LE DÉPIT MORTEL.

Que mes contentements sont bientôt écoulés !
Je les ai vus mourir au point de leur naissance,
Le ciel m'en a ravi l'aimable jouissance,
Et laissé mes esprits tout à fait désolés.

Les douceurs, les plaisirs qui m'ont été volés,
N'ont flatté seulement mes jours qu'en apparence ;
Hélas! vous promettiez à ma longue espérance
Par de sacrés liens de nous rendre assemblés.

Mais de tous mes travaux un autre obtient la gloire,
Il emporte sur vous et sur moi la victoire,
Et sans avoir semé, je le vois moissonner.

Philis, que cet affront sensiblement me touche !
Puisque c'est le trépas que vous m'allez donner,
Ensevelissez-moi d'un drap de votre couche.

LES BRACELETS DE CHEVEUX.

Trompeur amusement de mes feux méprises,
Enfants pernicieux d'amour et d'artifice,
Exemple de faveur autant que d'injustice,
Qu'en mes ardents transports j'ai mille fois baisés ;

Gages que mon amour avait canonisés,
Reliques de ma sainte autrefois si propice,
Funeste ameublement de mon malheur complice,
Vous allez triompher de mes vœux abusés.

Beaux nœuds, reprochez-lui ses rigueurs criminelles,
Et soyez de ma mort les instruments fidèles,
Elle va m'affranchir, ingrate! de ta loi.

Mais qu'à mon désespoir ta cruauté se rende,
Et s'il te reste encòr quelque pitié pour moi,
Que ce soit à ton col, Philis, que je me pende !

Allons, convenons que le *phœbus* d'autrefois vaut bien
le *charabias* social et le *pathos* académique de nos
jours.

FIN.

TABLE.

ERRATA.

Page 24, vers 17, *encore*, lisez *encor*
Page 47, vers 12, une virgule après *balcon*,
Page 72, vers 10, *tout*, lisez *toute*
Page 76, vers 7, point de virgule après *nue*
Id..... vers 15, *amour*, lisez *caprice*

Imp. de P. Baudouin, rue des Boucheries-St-Germain, 38.

www.ingramcontent.com/pod-product-compliance
Ingram Content Group UK Ltd.
Pitfield, Milton Keynes, MK11 3LW, UK
UKHW022049070726
13613UKWH00002B/750